죽는 게 뭐라고

죽는 게 뭐라고

시크한 독거 작가의 죽음 철학

사노 요코 이지수 옮김

마음산책

죽는 게 뭐라고

1판 1쇄 발행 2015년 11월 10일
1판 18쇄 발행 2025년 1월 5일

지은이 | 사노 요코
옮긴이 | 이지수
펴낸이 | 정은숙
펴낸곳 | 마음산책

등록 | 2000년 7월 28일(제2000-000237호)
주소 | (우 04043) 서울시 마포구 잔다리로3안길 20
전화 | 대표 362-1452 편집 362-1451   팩스 | 362-1455
홈페이지 | www.maumsan.com
블로그 | blog.naver.com/maumsanchaek
트위터 | twitter.com/maumsanchaek
페이스북 | facebook.com/maumsan
인스타그램 | instagram.com/maumsanchaek
전자우편 | maum@maumsan.com

ISBN 978-89-6090-243-5 03830

* 책값은 뒤표지에 있습니다.

사람은
죽을 때까지는
살아 있다.

차 례

죽는 게 뭐라고

내가 몰랐던 것들

죽는 게 뭐라고

▪ 일러두기

1. 이 책은 『死ぬ気まんまん』(2013)을 우리말로 옮긴 것이다. 구성은 원서를 따랐다.

2. 외국 인명, 지명, 작품명 및 독음은 외래어표기법을 따르되 관용적인 표기와 동떨어진
   경우 절충하여 실용적 표기에 따랐다.

3. 이 책의 모든 주는 옮긴이 주며 글줄 상단에 표기했다.

4. 영화·텔레비전 프로그램명, 잡지와 신문 등의 매체명, 노래 제목은〈 〉로, 편명은「 」
   로, 책 제목은『 』로 표기했다.

돈과 목숨을 아끼지 말거라

내가 사랑하는 사람은 모두 죽은 사람이다. 나는 알고 싶다. 죽은 뒤에도 미워하고픈 사람이 나타날까. 아무리 싫은 사람이라도 죽으면 용서하게 될까.

나도 죽으면 모두들 "좋은 사람이었지"라고 추억해줄까.

죽으면 그런지 아닌지도 모를 테니 시시하다.

나는 두 번이나 이혼했기 때문에, 내가 타인을 끝까지 사랑할 수 없는 사람인 줄 알았다. 그런데 평생 사랑할 수 있었던 사람이 2주쯤 전에 나타났다. 그는 죽은 사람이었다. 죽은 지 10년 정도 지났다. 어떻게 나타났느냐 하면, 20센티미터 정도 되는 갈색 나무 상자에 담겨 조그만 사람의 형상으로 스르륵 나와서는 그 뒤로 언제든 어디서든 스르륵 스르륵 나타나는 것이다.

하지만 그가 살아 있는 동안 나는 알지 못했다.

처음 보았을 때 그는 나보다 두 살 적은, 아버지 친구 아들이었고 보들보들한 아랫도리를 내놓은 채 기어 다니고 있었다. 그때부터 우리는 줄곧 친구였다. 그가 쉰다섯 살에 샌프란시스코에서 골프를 치다가 쓰러질 때까지, 가장 오랜 친구였다.

그는 죽기 일주일쯤 전에 내게 캘리포니아의 검붉은 딸기를 항공편으로 보내주었다. 채소 가게에서 일본 딸기보다 싸게 팔더라고 하며. 나는 아하하, 하고 웃었다.

어릴 때 고짱은 우리 집에서 '더러운 고짱'이라고 불릴 정도로 차림새가 단정치 못했다. 가끔 혼자 도쿄에서 불쑥 놀러오곤 했다. 그때마다 늘 배가 고프다며, 전날 먹다 남은 카레라이스를 냄비째 허벅지에 끼고 곰처럼 허겁지겁 먹었다.

엄마는 고짱을 무척이나 좋아했고 남자다워서 큰 인물이 될 거라고 믿었다. 그래서 우리 세 자매 중 한 명을 신부로 삼아달라고 적어도 열 번 이상 말했다.

싱글벙글 씨가 왔다. 싱글벙글 씨는 현관에 발을 들여놓은 순간부터, 죽은 뒤 바람에 날려 문 틈새로 들어온 혼불처럼 얇디얇아져 속이 비쳐 보일 듯한 모양으로 서 있었다. 그리고 숨을 끊어질듯 몰아쉬며 코를 훌쩍였다.

그의 발자국 소리가 나지 않는 이유는 체중이 너무 적기 때문이다.

싱글벙글 씨는 소파에 쓰러져서 "잠깐 실례할게"라고 말한 다음, 기다란 다리를 의자 팔걸이에 늘어뜨리고 창백한 얼굴로 헉헉대며 눈을 감은 채 두 손을 가슴에 올려두었는데, 그 모습이 마치 송장 같았다.

싱글벙글 씨는 골동품 가게 주인이라서, 때때로 나는 그에게 접시나 밥그릇을 구해달라고 부탁한다. 요전에도 조그만 경대를 부탁해놓았기 때문에 오늘도 이리로 올 때 품에 안고 왔을 테지만, 그가 집 안으로 들어오자마자 송장이 되어버리는 통에 나는 그 부탁을 잠시 잊고 있었다.

싱글벙글 씨는 우리 집을 방문할 때면 오는 길에 기력을 다 써버려서 자기 집으로 돌아가지 못하고 하룻밤 묵는다. 어차피 송장이기 때문에 상관없다.

나는 활력 넘치는 싱글벙글 씨를 한 번도 본 적이 없다.

송장이 된 싱글벙글 씨에게 물어보았다.

"당신은 어릴 적부터 그랬어?"

"응."

싱글벙글 씨는 거의 죽은 채 대답했다. "체육 시간엔 늘 서서 구경만 했어. 나 말고도 그런 친구가 꼭 한 명은 더 있었는

13

데, 우리는 반 애들이 운동하는 모습을 정면으로 바라보면서 잡담을 했지." 어째서인지 서로 얼굴을 마주보는 일은 없었다고 한다.

"그게 전국적인 규칙이었거든." 싱글벙글 씨는 덧붙였다.

그는 5분마다 휴대폰을 확인했다. 송장치고는 성실하다.

답신이 오지 않아 기다리는 폼이었지만, 아무리 그래도 5분마다 확인하는 건 집요하다.

다른 쪽 소파에는 내가 드러누웠다. 내가 누운 소파가 크기도 더 크고, 모포에 얇은 이불을 얹은 데다가 안쪽에는 전기 히터 주머니까지 들어 있다.

나는 이제 곧 죽을 몸이기 때문이다.

싱글벙글 씨는 송장 상태로 끊임없이 말했다. "난 성욕은 있는데 정력이 없어." 나는 남자가 아니니 어차피 어떤 상태인지 모르겠지만, 하도 멈출 기색이 없기에 "정확히 말하자면 하고 싶은데 안 선다는 거야?"라고 물어보았다. 그는 "맞아. 하지만 그것도 미묘하게 달라. 뭐랄까, 망고 껍질을 벗겨서 얇게 썬 것처럼 달라" 하고 대답했다.

어렵다. 나는 이해할 수 없는 일이다. 사람이 판다나 하늘을 나는 참새의 기분을 알 수 없는 것과 매한가지로 이해할 수 없다. 애초에 판다나 참새한테 기분이 있는지도 모르겠다.

싱글벙글 씨는 혈압도 없다고 한다. 감기인지 뭔지로 병원에 갔더니 의사가 안정을 취하라고 한 뒤 "즉시 보호자를 불러주세요"라고 말했는데, 부인이 와서 싱글벙글 씨를 보고는 '정말이지 원……' 하는 표정으로 황당해했다고 한다. "내가 평소와 다름없었으니까."

"그렇게 살면 어떤 기분이 들어?" 내가 묻자 그는 "바다에서 수면이 코 아래 1센티미터까지 차오른 기분이지. 발로 헤엄치면서 계속 흐느적거리지 않으면 바닷물이 콧속으로 들어오는 거야"라고 말했다.

꽤나 무서운 인생이 아닌가. 나라면 차라리 눈 딱 감고 물속으로 들어가 죽는 게 편할 것 같다.

그는 정욕과 성욕 사이에서 "사노 씨, 죽는 거 무섭지 않아?" 하고 몇 번이나 물어댔다.

"싱글벙글 씨는 무서워?"

"무서워."

"사는 게 훨씬 더 피곤하고 귀찮잖아."

"귀찮아도 죽는 건 무서워."

아무래도 싱글벙글 씨는 저세상이 있다고 믿는 것 같았다.

"사노 씨, 먼저 가서 내 자리 좀 마련해줘."

죽어서까지 드러누워 뒹굴고 싶은 걸까.

"괜찮은 장소가 있으면 좋겠는데. 바다가 보이고, 그 옆에 바위도 있고, 파도가 치는 곳. 바다가 반짝반짝 빛나는 곳. 유채꽃이 내내 활짝 피는 곳을 산책해도 좋겠다."

그런 곳은 이 세상에도 있지 않은가.

"알았어. 문자 보낼게."

"응, 부탁해."

죽을 날이 코앞에 다가오자, 죽으면 돈이 안 든다는 데 생각이 미쳤다.

방을 휙 둘러보니 전부 돈을 주고 산 물건뿐이다. 밥공기부터 옷장까지. 시야에 벽이 들어오자 집도 산 것이라는 사실을 깨달았다.

선물 받은 꽃이 어두운 장밋빛으로 신비롭게 피어나 있었다. 이 꽃도 누군가 산 것이다. 나는 화들짝 놀랐다. 지금껏 돈을 위해 일했다니.

쭉 가난해서 크로켓을 반씩만 먹었는데. 크로켓은 5엔이었다. 크로켓을 사러 갈 때 신었던 샌들도 돈을 주고 산 것이다.

일평생 돈을 얼마나 벌고 얼마나 썼는지를 생각해보니, 지금껏 당연하게 여겼던 일들도 꺼림칙하고 무서웠다.

내 주변 사람들도 모두 일을 하고 있지만, 돈은 필요 없고 취미로 일한다는 사람은 아무도 없다.

나는 프리랜서이기 때문에 연금이 없어서 아흔까지 살면 어쩌나 하는 마음으로 조금씩 저금을 해두었다. 국민연금도 없다. 10년 전쯤에 사회보험청에 가서 직원과 싸움을 벌이고는 "이딴 것 필요 없어!" 하며 성내고 나왔다. 이유인즉슨 창구 직원이 썩었기 때문이다. 아아, 창구가 썩었다는 건 조직 전체가 썩었다는 뜻이다.

나는 졸업했을 때부터 프리랜서였지만 국민연금은 착실히 납부해왔다. 창구의 남자는 내가 들고 간 영수증 한 장을 보더니 20년 전의 영수증도 가져오라고 했다. 컴퓨터에 들어 있는 것은 20년 치뿐이라서, 그전의 것은 영수증을 들고 와야 한다는 이야기였다.(그때 왜 그쪽에 사본이 없느냐고 따지지 못했는지 나도 모르겠다.)

남자는 명백히 나를 무시하는 태도로 몸을 비틀고 허리에 손을 올리면서 말했다. "전부 받아봤자 별로 큰 액수도 아니에요."

나는 용서할 수 없었다. 당신은 공무원이니까 몇십만 엔이나 받잖아. 그건 우리가 낸 세금이라고.

그러다가 지금의 소동일본 사회보험청이 연금 번호를 공통화하는 과정에서 대량의 기록을 누락한 사실이 2006년에 발각됨이 일어난 것이다. 그것 봐. 그때부터, 아니 그전부터 썩어 있었다니까.

허공에 떠버린 연금 중 내 돈도 들어 있다니 사회에 참여하는 기분이다. 그것참 자랑스럽다.

어차피 찔끔찔끔 모아온 저금도 죽으면 쓸모없다.

암이 재발해서 뼈로 전이되었을 때, 의사는 죽을 때까지 치료비와 간병비로 1000만 엔 정도 든다고 했다.

일흔 쯤 되면 더 이상 나에게 돈 들 일은 없겠지.

나는 항암제를 거부했다. 산송장이나 다름없는 불쾌한 1년이라니. 연명하더라도 불쾌한 1년을 보내야 한다면 그편이 더 고통스럽다. 아까운 짓이다. 가뜩이나 노인이 된다는 건 장애인이 되는 것이나 마찬가지인데.

일흔 전후는 딱 좋은 나이다. 아직 그럭저럭 일할 수 있고, 스스로의 뒤치다꺼리를 할 수 있다.

나는 착하게 살아왔음이 틀림없다. 하느님도 부처님도 분명히 존재하며 나를 제대로 지켜봐준 것이다.

나는 칠칠치 못하고 해야 할 일을 질질 끌며 정리정돈이 서툰 사람이다. 잘 생각해보니 머릿속도 내 방처럼 어질러져 있었다.

아버지는 자주 호통을 쳤다. "네 녀석은 똥이랑 된장도 구분을 못하는 게냐!"

그래요, 아버지. 저는 똥이랑 된장도 구분 못한답니다.

아버지는 저녁 식사 때면 반드시 설교를 늘어놓았다.

"돈과 목숨을 아끼지 말거라."

아버지가 목숨을 아끼지 않고 일찍 죽어버려서 엄마는 많이 힘들었다.

아낄 돈도 없이 죽은 아버지 역시 불쌍하다.

내게는 죽은 자식이 없다. 엄마는 맛있는 음식을 먹으면 죽은 자식들한테 먹이고 싶어서 때때로 눈물이 난다고 했다. 지금은 없는 게 없는 세상이 되었다. 나는 맛있는 음식을 먹으면 아버지께 드리고 싶어진다.

하지만 부모가 일찍 죽는 것도 나쁘다고만은 할 수 없다.

부모가 일찍 죽으면 마음껏 자유롭게 지낼 수 있다. 아버지가 오래 살았더라면 과연 지금의 내가 존재할 수 있을까? 나는 심각한 파더 콤플렉스다. 아버지가 죽었기 때문에 나의 파더 콤플렉스는 커져만 갈 뿐이다.

나는 아버지처럼 목숨을 아끼지 않는다. 돈도 아끼지 않는다.

암 재발 선고를 받은 날, 병원에서 돌아오는 길에 집 근처

자동차 매장에 들렀다.

나는 국수주의자라서 그때까지 외제차는 절대 타지 않았다. 중고 외제차를 사는 녀석들이 가장 싫었다.

내가 들른 곳은 외제차 매장이었다. 그곳에 잉글리시 그린의 재규어가 있었다. 나는 그 차를 손가락으로 가리키며 말했다. "저거 주세요."

나는 국수주의자지만, 예전부터 쭉 마음속으로 잉글리시 그린의 재규어가 가장 아름답다고 생각했다.

내 마지막 물욕이었다.

사실 근본이 가난뱅이인 나는 물욕이 없다.

식욕도 없다.

성욕도 없다.

더 이상 물건이 늘어나도 곤란하다.

이제 남자도 지긋지긋하다. 나이 일흔에 남자가 지긋지긋하다고 말하면 비웃음을 사겠지. 앞으로 남자를 사귈 수나 있나? 아뇨, 못 사귑니다만.

나는 처음 암에 걸렸을 때에도 놀라지 않았다.

세상 사람 둘 중 하나는 암에 걸린다.

암 따위로 으스대지 마시길. 훨씬 고통스러운 병도 얼마든지 있으니까. 류머티즘이나 진행성근위축증도 있고, 죽을 때까지 인공투석을 해야 하는 병도 있다.

암은 치료되는 경우도 많다. 물론 치료가 안 되면 죽을 수 있다.

주위 사람들의 친절 속에서.

나는 암보다 우울증이랑 자율신경실조증이 훨씬 더 괴롭고 힘들었다.

우울증은 아침부터 죽고 싶어도 죽어서는 안 되는 병이다. 자살은 주위에 민폐를 끼친다. 나는 아들이 없었다면 진작에 우울증으로 죽었을지도 모른다. 부모가 자살한 아이로 만들고 싶지 않았으니까. 그땐 아들이 내 생명을 구했다.

게다가 정신에 관련된 병은 차별을 당한다. 주변에 사람들이 점점 없어진다. 사람들이 없어질 만한 증상이 나오니 당연한 일이다. 그래서 나는 암에 걸린 사람은 동정할 수 없지만, 신경계통의 병에 걸린 사람에게는 상냥해질 수 있다.

암 환자도 본인의 성격에 따라 반응이 천차만별이다. 종양표지자 검사 수치가 올랐다느니 내렸다느니에만 매달려 일희일비하는 사람들도 있다. 나는 암이 재발했을 때 수치가 상당히 높았지만 정확히 얼마였는지 잊어버렸고, 그 후로도 전혀 신경 쓰지 않았다.

그랬더니 다음 검사 때 보통 사람과 비슷한 정도가 되었다. 하지만 보통 사람과 다른 점은 여전히 내가 암 환자라는 사실이다.

암이 재발한 왼쪽 사타구니가 욱신거린다.

암에 걸리면 곧바로 담배를 칼같이 끊어버리는 사람도 있지만 나는 변함없이 종일 뻐끔뻐끔, 남에게 몇 대 피우는지 말하지 못할 정도로 굴뚝처럼 피워댄다.

다리가 아파서 처음 병원에 갔을 때는 택시를 탔다. 병원에 가면 링거를 맞는다. 한 달에 한 번, 두 병을 맞는다. 치료는 네 시간 정도 걸리는데, 당연히 금연인 병원 말고도 일본에서는 온갖 장소가 금연으로 바뀌어서 담배를 끊지 않는 사람은 인격을 의심받을 지경이다. 택시는 유일하게 담배를 필 수 있는 공간이다. 링거를 다 맞은 뒤에는 왠지 심리적으로 숨이 가빠서, 나는 쌕쌕거리며 택시로 뛰어들어 라이터를 움켜쥐곤했다.

그런데 올해 1월부터 택시도 금연 구역이 되었다.

신이 또다시 나를 어여삐 여긴 것이다.

나는 왼쪽 다리가 아프지만 오른쪽은 괜찮다. 요즘 자동차는 오른발용밖에 없다.

그렇다. 직접 운전하면 문제가 해결된다.

그때부터 나는 스스로 재규어를 몰며 굴뚝 상태로 되돌아갔다.

덤으로 택시비도 아꼈다.

나는 거의 일평생을 지구와 평행하게 살아왔다. 드러누워서 책이나 텔레비전, 빌려온 비디오를 보았다.

지금도 침대 맞은편에 42인치 텔레비전을 두고서 당당하게 본다.

듣는 사람도 없는데 이불을 턱 밑까지 끌어당기고 하루에도 몇 번이나 중얼거린다. "아아, 행복하다." 다리가 아픈걸, 암에 걸렸는걸. 좀 더 큰 텔레비전을 샀더라면 좋았을 텐데.

어느 날 아들이 며느리와 함께 집에 와서 침대를 2층으로 옮겨버렸다.

"조금씩이라도 걸어야지, 안 그러면 근육이 약해져서 뼈에 부담이 가잖아!"

"그래도 행복하단 말이야."

"누구라도 엄마처럼 지내면 행복하겠지."

나와 아들은 끝이 안 보이는 말싸움을 시작했다. 말수가 적은 며느리가 중재에 나섰다. "잠깐만요. 두 사람 다 같은 말만

하면서 다람쥐 쳇바퀴를 돌고 있네요. 아래층에 침대를 두고 싶으면, 어머님은 하루에 몇 분씩 정해두고 산책을 하세요. 그럼 되죠?"

"어디를, 얼마나?"

"음, 교카이도리로 들어가서 오우메가이도로 돌아오면 되겠네요."

나는 고민했다. 옛날부터 산책이라면 딱 질색이었다. 게다가 비가 오는 날도, 바람이 부는 날도 있지 않은가.

차라리 침대를 2층에 두는 편이 낫겠다.

"알았어. 2층에 두지 뭐."

그러고는 기다란 소파를 텔레비전 시청용으로 배치했다.

나는 암 투병기가 너무 싫다. 암과 장렬한 싸움을 하는 사람도 너무 싫다. 비쩍 말라서는 현장에서 죽는 게 소원이라고 말하는 사람도 너무 싫다.

작가 겸 정치운동가인 오다 마코토가 방송에 나왔다. 그는 나랑 같은 병원에서 죽기 직전까지 카메라를 병실에 들여놓고 자신의 신념을 부르짖고 있었다. 그러던 중 영상에 몇 년 전에 찍은 르포가 삽입되어 나왔는데, 거기서 오다 마코토는 서베를린의 브란덴부르크 문 앞에 서 있었다. 벽이 붕괴된 직후이거나, 붕괴 후 얼마쯤 지난 시점인 것 같았다. "보세요, 이렇게 벽으로 막혀 있었어요." 그는 문 한가운데에서 말했다.

거짓말 마세요. 나는 독일이 동서로 갈라졌을 때 베를린에 살았어요. 벽 같은 건 없었다고요. 문 앞쪽으로 철조망이 쳐져 있었을 뿐이라고요. 일요일에는 시간을 정해서 동서로 갈라진 친척들이 큰 소리로 이야기를 나누었어요. 동베를린의 아이가 붉은 두건을 쓰고 이쪽과 같은 언어로 이야기를 하는 모습이 내 가슴을 몹시도 거세게 할퀴어서 눈물로 앞이 흐려졌고, 인간의 사상이란 무섭다는 생각이 들었지요. 오다 마코토의 방송을 본 일본 사람들이 오해하면 곤란하니 내가 정정해둡니다.사노 요코는 1966년부터 1968년까지 베를린에 거주했는데, 이 시기는 철조망이 장벽으로 조금씩 바뀌던 시기였다.

그날 이후 나는 모든 사상을 믿지 않기로 했다. 직접 본 것, 만진 것만이 확실하다고 여길 수밖에 없었다.

텔레비전 뉴스를 볼 때에도 주의를 기울였다. 보도라면 그게 무엇이든 조심했다.

내가 이 습관을 스스로 정한 것인지 잘 모르겠다. 나는 파더 콤플렉스가 있으니 아버지가 저녁 때 몇백 번이나 되풀이했던 설교의 영향을 받았을 수도 있다.

"활자를 믿지 마라. 인간은 활자를 다른 사람들의 이야기보다 더 신용하니까"

죽는 게 전혀 두렵지 않은 것도 파더 콤플렉스 탓일지 모른다.

아버지가 동료의 병문안을 갔을 때였다. 암이라고 했다. 아버지는 돌아와서 엄마에게 이렇게 말했다. "정말로 꼴사납더군. 내 얼굴을 보고 '선생님, 전 죽고 싶지 않아요, 죽고 싶지 않아요' 하며 울지 뭐야. 그런 죽음은 보기 흉해."

죽음에 대한 미학이라도 있었던 것일까.

아버지는 본인의 신념대로, 아우슈비츠의 수감자처럼 뼈만 남은 채로도 혼수상태에 빠질 때까지 혼자서 벽을 짚고 화장실에 갔다.

그리고 조용히, 아무 말도 남기지 않은 채 죽었다.

아버지가 누운 자리 곁에서 뒹굴며 책을 읽다가 흘끗 바라보면, 아버지는 의연하게 천장의 한 점을 응시하고 있었다. 그럴 때면 아버지의 알 수 없는 생각이 손에 잡힐 듯 느껴져서 몇 번이나 움찔 놀라곤 했다.

아버지의 눈은 점점 투명한 유리구슬처럼 변했고, 검은자위가 갈색이 되었다.

누운 자리에서 몸을 들썩거리며 컥 하고 신음을 뱉은 후 숨을 거두었다. 입이 조금 벌어져 있었다.

나와 사촌이 벌어진 채 굳어버린 입에 수건을 갖다 대고 하룻밤 내내 꾹꾹 눌러서 억지로 턱을 밀어 넣었다. 세찬 비가 내리던 섣달그믐의 새벽 두 시였다.

다시 말해 아버지는 설날에 죽었다. 기억하기 쉬운 기일이었다.

그날 신기한 일이 있었다. 아버지가 죽기 두 시간쯤 전에, 아버지의 동료가 비에 흠뻑 젖어 현관으로 뛰어들었다.

우리 집 개는 그 동료가 성견이 될 때까지 키우다가 준 하얀 기슈견천연기념물로 지정된 일본견의 일종이었다.

무척 예쁘고 영리한, 가족 중 누구보다 행동거지가 점잖은 개였다. 폭우가 쏟아지는 가운데 그 개는 도보로 한 시간 정도 걸리는 원래 주인집까지 가서, 호소하는 듯한 기이한 소리로 쉬지 않고 컹컹 짖었다. 그 모습을 보고 아버지에게 이변이 생겼다는 사실을 곧바로 감지한 동료는, 자전거로 빗속을 내달려서 흠뻑 젖은 채 우리 집 현관으로 뛰어들었다. 그때까지 아버지는 살아 있었고, 두 시간 후에 숨을 거두었다.

비겁함이 가장 나쁘다

가사도우미가 왔다.

우리 집 현관을 통과한 사람 중에 가장 키가 크다.

몹시 말라서 꼬챙이 같다. 청바지를 수선해서 입은 적이 없다고 한다. 서글서글하고 시원시원한 성격으로, 정말로 일을 잘한다.

예순넷이라고는 하지만 암만 봐도 그 나이의 몸매가 아니다. 스무 살이지만 체형은 여든다섯 같은 사람도 있는데.

"사노 씨, 가슴 두근거릴 일이 없어진다는 건 쓸쓸하네요."

"흠, 마지막으로 두근거린 건 언제쯤인데요?"

"어느 날 문득 두근거림이 없어졌단 사실을 깨달았어요."

으음, 나는 자각조차 하지 못했다. 벌써 몇십 년이나 두근거린 적이 없는데도 아무렇지 않았다.

나뭇잎이나 조그만 꽃을 보고 가슴이 뛰어서, 나이 든다는 건 청아한 일이라고 스스로 감동하곤 했다. 생활에 불편함은 없었다.

동년배 친구들 중 가슴 두근거리며 살아가는 사람은 없다.

일흔의 두근거림은 왠지 엉큼하다. 진짜 엉큼하다.

조지아 오키프는 아흔다섯에 20대의 애인을 두었지만 그건 예외이자 특수한 경우다.

피카소는 죽기 전에 젊은 연인이 있었는데, 세간은 남자들이란 원래 그렇다며 이상하게 보지 않았다.

돈과 재능이 넘치면 그런 일이 가능할지도 모른다.

돈도 재능도 섹스어필이다.

그리고 문득 깨달았다.

나와 어울릴 법한 연령대의 남자들을 떠올렸더니 그런 늙은이는 아무래도 싫다는 생각이 드는 것이었다. 폭삭 늙은 할아버지가 젊은 여자를 좋아하면 음흉한 영감쟁이 취급을 받는다. 나 역시 늙수레한 할머니다. 실행에 옮길 수 있을 리가 없다. 망상만으로도 무서울 지경이다.

우리 아들은 30대 후반이다. 어느새 아저씨가 되었구나.

클린트 이스트우드가 텔레비전에 나왔다. 주름이 자글자글

하고 나이를 가늠할 수 없었다. 여든 가까이 되었을까. 아주 매력적이었다.

여든 가까이 먹고서도 〈이오지마에서 온 편지〉와 〈아버지의 깃발〉을 만들었다. 그 나이에 풍기는 매력이 있었다.

머리가 좋고 재능이 있으며 풍채도 근사하다. 인격도 훌륭한 것 같다. 클린트 이스트우드라면 내가 몰래 짝사랑해도 괜찮지 않을까.

그랬더니 이스트우드의 DVD를 잔뜩 빌려주는 사람이 나타났다.

하지만 외국인인걸.

남몰래 사모하려 해도 외국인인걸.

시인 오카모토 가노코는 "이윽고 화사한 생명이 되리라"라고 읊었지만, 죽은 건 쉰 살쯤이었다.

게다가 그녀는 일반인의 상식을 뛰어넘어 백지장처럼 새하얀 분을 덕지덕지 바르고 쉰 살에 후리소데_{미혼 여성의 예복으로 기모노 가운데 가장 화려한} 옷를 걸쳐도 흔들리지 않는 자의식을 지니고 있었다.

나도 질세라 두근거릴 일을 발굴하기로 마음먹었다.

나는 인간성 가운데 비겁함이 가장 나쁘다고 여겨왔다. 저도 모르게 비겁해지는 경우도 있겠지만, 그래도 비겁한 녀석을 보면 절교까지 생각했다. 어쩌면 실제로 절교한 적이 있을지도 모른다. 그런 내가 암이 재발한 후 비겁한 녀석이 되었다.

죽음 따위 아무렇지도 않게 여겼건만, 남은 날이 2년이라는 소리를 듣자 그만 귀가 솔깃해져서 여기저기 그 말을 퍼트리고 다녔다.

그러자 주변 사람들이, 내 주위의 세상이 스웨터를 뒤집은 듯 친절해졌다.

그런 친절을 이용하는 게 뭐가 나쁜가, 라는 실로 못된 생각이 내 마음의 문을 두드렸다.

착한 히사는 지쿠젠니우엉, 곤약, 연근 등을 간장에 조린 요리와 죽순 영양밥에 맛있는 유바두유에 콩가루를 섞어 끓일 때 표면에 엉기는 막을 건조시킨 식품를 매일같이 보내왔다.

마침 고관절이 아파서 다리를 절룩이던 때였다. 엉덩이에 좌약을 넣으면 건강한 사람이나 마찬가지긴 해도, 나는 계속 다리를 절었다.

나는 히사에게 아무것도 갚아줄 수 없었다. 그녀는 부자인데다가 유서 깊은 집안 출신이다. 요리 솜씨도 일품이다.

그저 마작 친구일 뿐인데도 그녀는 내게 물었다.

"지금 세이유 마트에 왔는데 필요한 거 없어? 뭐 사갈까?"

하지만 나는 달력에 엑스표를 치면서 공소시효가 끝나기를 기다리는 3억 엔 절도범1968년에 경찰로 위장한 강도가 현금수송차량의 3억엔을 강탈했고 이에 대한 공소시효가 1975년에 성립된 사건처럼 이 세상으로부터 해방될 날을 기다린다.

일흔다섯 이상 고령자의 연금에서는 의료비를 공제한다, 라는 새로운 제도 때문에 온 나라가 시끌벅적하다. 내가 생각해도 그건 너무하다. 하지만 텔레비전에 나온 할머니가 "늙은이는 죽으라는 거요?" 하고 성낼 때면, 그 장면을 보는 나는 "잘 아시네!"라고 외친다.

지금처럼 노인을 공경하는 법을 잊어버린 나라, 쓸모가 없어진 사람은 필요도 없다고 말하는 나라에서 태어난 것은 비극이다. 그리고 이 비극은 전후제2차 세계대전 후 민주주의와 함께 유입된 편파적인 사고방식 때문이다. 호주제를 없앤 법률 때문이다.

적어도 내가 어릴 적에는 노인들이 당당했다.

요즘은 부모를 봉양하고 싶다는 사람이 아무도 없고, 부모가 죽으면 재산 싸움을 벌인다.

법률이 그렇게 되어 있어서다.

부끄럽다는 생각은 안 드는 걸까. 부모가 길러준 은혜도 잊어버린 걸까.

옛날에는 노인의 자리와 역할이 있었다.

그때는 노인의 경험에서 우러난 정보가 생생한 도움이 되었지만, 요즘 세상에서는 모든 정보가 삑삑 전파를 타고 컴퓨터로 들어온다. 따라서 노인은 이제 쓸모가 없다. 쓰레기나 마찬가지다.

정부도 노인을 명백하게 쓰레기 취급하고 있다. 예외는 돈이 많은 노인뿐이다. 정치가들은 연금 6만 엔으로 살아갈 필요가 없으니 서민의 사정을 모른다.

아마도 정치가의 시선이 닿는 장소에서 연금 6만 엔을 받는 서민들이 서성거릴 일은 없겠지. 어쩌면 정치가들은 진짜 서민을 본 적이 없을 수도 있다.

노인들은 일하던 시절에 세금을 냈다. 지금은 공무원들이 그 세금으로 한평생 여유롭게 살아간다. 공무원들은 낙하산으로 들어간 회사에서 2년간 일한 다음, 퇴직금으로 몇천만 엔씩이나 받고 다른 회사로 옮겨서 또다시 퇴직금을 받는다.

장로가 될 거라던 남자가 있었다. 하지만 현재 장로가 존재하는 집단은 없다. 양로원에서 장로가 되어봤자 아무 소용도 없다.

나는 "돈과 목숨을 아끼지 말라"라는 말을 가훈으로 삼아 왔기에, 종양표지자 검사 수치가 얼마인지 따위는 한 번도 생각해보지 않았으며 암 때문에 받는 스트레스도 거의 없었다. 그러자 수치가 일반인과 똑같아졌다. 암은 걱정이 많으면 안 되는 병이다. 수치를 본 의사가 "잘됐네요" 하며 몹시 기쁜 듯 미소 짓는 모습은 감동적이었다. 의사는 정말로 열과 성을 다해 병을 치료하려 했다.

나는 의사의 웃는 얼굴을 위해서 건강해지고 싶었다.

의사는 성직자다.(교사도 성직자였다. 교사가 스스로를 노동자라고 칭하면서부터 일본의 교육이 이상해졌다. 일교조일본교직원조합여, 덤벼라. 나는 보수, 반동분자라고 불려도 상관없다.)

그런 이유로 나는 매일 링거를 맞으러 간다. 자세한 효능은 모르겠지만 면역력과 뼈를 강화시킨다는 약을 맞는데, 아프지도 가렵지도 않다. 기분이 나빠지는 일도 없다.

아무리 죽으려는 의욕이 넘쳐나도 여간해서는 죽을 수 없다는 생각이 들면 우울해진다.

나는 앞으로 10년, 15년을 더 살지도 모르겠다.

아, 싫다.

남은 날이 2년이라는 말을 들었을 때 친구에게 기모노를 옷

장째 주었다. 기모노를 자주 입는 사람이었기 때문이다.

의사가 웃는 얼굴로 기뻐했던 날, 친구에게 말했다.

"나 금방 죽진 않는대."

이랬다저랬다이긴 해도, 의사가 잘됐다고 축하해줬기 때문이었다.

"아, 기모노 돌려줄게."

그녀는 단지 이렇게 대꾸했을 뿐이었다.

기모노 따위, 돌려받고 싶은 마음은 1밀리그램도 없었다.

왠지 몹시 슬펐다.

남자들은 모르겠지만, 여자에게 기모노는 정말로 꺼림칙한 물건이다. 프라다의 코트는 제아무리 비싸봤자 서양 옷에 불과하다. 일본 여자한테 기모노란 정말로 무서운 것이다.

남은 날이 2년이라고 했을 때, 다케에몬은 내 형편없는 마작을 자주 상대해주었다.

다케에몬에게 2년보다 더 살지도 모르겠다고 말했더니 "멍청아, 안 죽는 거야?" 하고 웃었다. 그 후로는 마작을 하자고 불러도 오지 않았다. 그때 암은 폭력이라는 생각이 들었다. 용서해주세요, 여러분.

싱글벙글 씨한테서 문자가 왔다.

"주머니 사정이 안 좋아서 가볍게 응모할 수 있는 현상금 공모전을 알아봤는데 〈히다 다카야마 납량 센류5·7·5형식의 짧은 정형시 등불 대회〉라는 게 있더라. 작년 1등 상은 '곁에 있어줘. 단지 그것만으론 싫지만 말야'였는데 상금이 5만 엔이었다고! 또 〈꽃가루 알레르기 5·7·5 대회〉도 있는데, 그 대회 1등은 '후울쩍훌쩍 코 훌쩍이는 소리 봄 오는 소리'라지 뭐야. 〈기중기의 날〉 〈보일러의 날〉 포스터 표어를 모집하는 대회도 있어. 그림책도 그려보려고 했는데 책상이 없네. 지금 내 머릿속은 센류로 가득 차 있어. '한쪽 다리로 뀐 방귀를 휘젓는 영화관 예절'은 어때?"

답신을 쓰는 게 귀찮아서 전화를 걸었다.

"여보세요, 하아하아."

숨이 끊어질 듯한 목소리가 들려왔다.

"지금 뭐 해?"

"센류 생각하고 있어. 여러 대회를 알아봤는데 한 글자당 수익으로 치면 센류가 가장 벌이가 좋아."

역시 싱글벙글 씨는 착안점이 남다르다.

"저녁 때 시간 있어?"

"오늘은 밤에 아르바이트 가는데."

"뭐? 무슨 아르바이트?"

"상품 포장."

"그건 힘쓰는 일이잖아?"

"그래도 슬슬 돈이 떨어져가니까."

애초에 골동품 가게에 책상이 없다는 점부터가 이상하다.

얼마 전 싱글벙글 씨가 우리 집에 와서 또다시 "성욕은 있지만 정력이 없다"는 이야기를 늘어놓았다. 그때는 젊은 영화감독도 함께 있었는데, 내가 스페인 시인 히메네스의 이야기를 꺼내며 "『플라테로와 나Platero Y Yo』라는 책이 정말 좋은데, 아주 오래 전에 읽은 거라 이제 서점에 없을지도 몰라"라고 했더니 싱글벙글 씨가 천천히 몸을 일으키며 "아니, 있어. ××사의 ○○문고, △△사에도 있고. ▢▢사에서도 나왔어"라고 줄줄 읊어서 깜짝 놀랐다.

그런 다음 그대로 소파 위에 책상다리를 하고 앉아서 "난 영화라면 전부 다 싫어. 영화는 안 봐"라며 가슴 위에서 팔을 엑스 모양으로 교차시켰다.

젊은 감독은 인격이 훌륭하고 품위가 있어서 잠자코 생글생글 웃을 뿐이었다.

그렇게 전투적인 싱글벙글 씨의 모습은 처음 보았다. 성가신 전화가 걸려 와서 현관에서 긴 통화를 끝내고 돌아왔더니 여전히 감독에게 시비를 걸고 있었다.

"당신 말이야, 요전에 영화감독한테 왜 짓궂게 굴었어?"

"아, 친해지고 싶어서."

이해가 안 가는 건 아니었지만, 감독에게 그 방법이 통했을 지는 의문이다.

아아, 지겹다. 죽기를 기다리는 것도 지겹다.

기다리는 게 도무지 성에 차지 않는다.

아무 일도 일어나지 않는 평화롭고 조용한 일상으로 돌아왔다. 거미가 되어 그물을 펼치고 누군가 걸려들기를 기다리는 기분이다.

그물 위에서 전화를 거는 거미가 있다면 그건 접니다.

그물 위에서 줄리가수 사와다 겐지의 별명의 옛날 DVD를 보거나 CD를 듣는 거미도 접니다.

요즘 텔레비전에 나오는 젊은 애들을 보면, 어째서 저렇게들 유쾌하고 흥겨워하는 것인지 이해가 안 된다.

그에 비하자면 줄리는 지독히 퇴폐적이며 노래 솜씨도 빼어나다.

나는 줄리가 가장 아름다웠던 시기에 아들을 누군가에게 맡겨두고 콘서트에 간 적이 있다. 줄리는 반라의 몸으로 속이 비치는 천이랑 타조 깃털을 두르고서, 콘서트장 전체에 색기를 흩뿌리며 몸을 구부리고 노래를 불렀다.

지금은 줄리처럼 퇴폐적인 분위기를 풍기는 사람도, 그렇게 노래를 잘하는 사람도 없다. 줄리가 에도시대가 아닌 실물을 볼 수 있는 이 시대에 태어나서 얼마나 다행인지.

〈악마 같은 그 녀석〉이랑 〈태양을 훔친 남자〉를 불렀을 때는 가슴이 쿵쾅거렸다.

하지만 나는 최근의 줄리도 좋다. 지금 그는 외모 따위 개의치 않고 퍼먹은 것처럼 뚱뚱해졌다. 뚱뚱해도 태연자약해서 대범하게 느껴진다. 그에 비해 필사적으로 체형을 유지하는 고 히로미는 왠지 좀스럽고 옹졸해 보인다.

줄리의 퇴폐미를 가진 사람은 이제 다시 나오지 않는 걸까.

노인은 망상으로 마음껏 두근거릴 수 있는 특권계층이다.

끊임없는 불꽃놀이

　에도시대의 한 연극 중에는 기생이 "돈, 돈, 돈이 전부인 세상이구나!"라고 한탄하면서 부자 영감에게 팔려가는 장면이 있다. 기생에게는 사랑하는 젊은이가 있었는데, 그 남자도 집 기둥뿌리가 뽑힐 정도로 기생에게 돈을 들인다. 결국 젊은이는 집에서 의절을 당하고, 두 사람은 함께 자살한다. 돈보다 사랑에 목숨을 걸었던 것이다.

　예전에는 돈을 입에 올리면 천하다고 배웠다. "무사는 굶어도 배부른 척한다"라는 속담처럼, 오기를 부리더라도 볼썽사납게 여기지 않았다.

　나 역시 가장 소중한 건 돈으로 살 수 없다고 생각한다.

　우정이나 사랑도 돈으로 살 수 없다. 시간의 흐름도 돈으로 살 수 없다.

요즘 시대는 그런 걸 개의치 않는다. "돈으로 못 사는 건 없어. 세상은 돈이면 다 돼"라며 엄지와 검지로 동그라미를 그리며 거리낌 없이 말하는 사람도 있다.

한번은 고속도로 휴게소에서 정말로 오랜만에 중학교 친구를 만났다. 그 애는 입을 열자마자 물어왔다. "넌 무슨 차 타니?" 깜짝 놀라서 "시빅혼다의 준중형차 타는데"라고 대답했더니, 그 후로 내게 전혀 흥미를 보이지 않았다. 내가 벤츠를 탔더라면 친구가 될 수 있었을지도 모른다. 내 시빅은 이제 곧 주행거리 10만 킬로미터를 돌파할 참이었다. 너덜너덜한 만신창이지만 바지런히 잘 달려서, 차라기보다 오랜 세월 길러온 애견 같은 느낌이었다. 주차장에서 나를 기다리는 낡은 차를 떠올리자 가슴이 뜨거워졌다.

구두쇠가 싫은 이유는 쩨쩨함이 전염되기 때문이다. 나는 구두쇠가 아니다. 그래봤자 돈이지 않은가. 하지만 인색한 사람을 만나면 내 안에 깊숙이 파묻혀 있던 구두쇠 기질이 꿈틀꿈틀 똬리를 풀고 표면 위로 고개를 쳐든다. 나는 스스로를 추하고 좀스러운 인간이라고 여긴다. 괴롭게도 이런 나조차 쩨쩨함의 전염은 피할 수 없다.

구두쇠 친구가 주소록을 우리 집에 두고 갔다. 걱정이 되어서 곧바로 전화를 걸었다.

"아, 데이터가 있으니까 상관없어." "그럼 버려도 돼?" 그녀는 잠깐 생각하더니 대답했다. "××라는 사람 전화번호만 좀 가르쳐줘." 독일에 있는 사람인 듯했다.

번호를 알려주자 "독일 국번이 몇 번이더라?" "104일본의 114에 전화해서 물어봐." "싫어, 104도 공짜가 아닌걸. 150엔 든다고." "그래도 어쩔 수 없잖아." "싫어." "할 수 없잖아." "싫다니까."

나는 울컥 화가 나서 "그럼 내가 물어볼게"라며 104에 전화를 걸었다. 60엔이었다.

나는 그녀와 20년 동안 밖에서 만나 밥을 사 먹었는데, 전부 내가 냈다. 한 번도 얻어먹은 적이 없다. 둘 사이에 그런 규칙이 어느 틈에 생겨버렸다.

다른 친구 집에 함께 놀러 갔을 때 누군가 보낸 새우가 도착했다. 박스의 톱밥 속에서 새우가 우글대고 있었다. 나는 두 마리를 받았다. 나중에 들어보니 구두쇠녀가 나머지를 몽땅 가져갔다고 한다.

우리 집에서 우연히 마주친 사람들은 대부분 친구가 된다.

하지만 구두쇠녀와 친구가 된 사람은 아무도 없다.

나는 그 무렵 연 수입이 100만 엔도 안 되었다. 나중에 그녀가 1000만 엔씩 벌고 있었다는 이야기를 들었을 때는 "으……

으……"라는 신음밖에 나오지 않았다.

그런 여자가 사기를 당해 5000만 엔을 날리고 빈털터리가 된 적이 있다.

나는 그녀가 누군가에게 50만 엔을 빌려줬다는 이야기를 들었을 때부터 "50만 엔은 버린 셈 쳐. 50만 엔을 갚으려면 150만 엔이 필요하다고 말할 게 뻔해" 하고 경고에 경고를 거듭했다. 그런데 50만 엔은 5000만 엔이 되어버렸다.

나는 사기를 당한 적도 없으면서 어떻게 알아차렸던 걸까. 아마도 상식이겠지.

나는 해마다 새로 나온 차茶를 주문한다.

가게에서 매년 좋은 차를 골라서 보내준다.

우리 집 선반에 새 차가 두 캔 놓여 있었다. "이거 가지고 갈게." 그녀는 차를 가방에 쏙 넣었다. 나는 화가 났지만 다른 손님이 와 있던 참이라서 잠자코 있었다. 손님 앞에서 싫다고 말할 용기가 없었던 것이다. 나는 그녀에게 무언가를 선물 받은 기억이 없다. 언젠가 "너도 마셔봐" 하며 랩에 싸 온 차 한 컵 분량을 받은 적은 있다.

아마 그녀가 아닌 다른 친구였다면 나는 틀림없이 "아, 마침 잘 왔어. 새 차가 왔는데 괜찮으면 줄게"라고 말했을 것이다. 나는 무엇이든 남에게 주고 싶어 하는 사람이니까.

"검정 코트가 안 보이는데" "초록색 스웨터 못 봤어?"라고 아들에게 물어볼 때마다 반드시 "누구 줬겠지"라는 대답이 돌아올 정도다.

하지만 그녀에게는 아무것도 주기 싫은 내 마음. 전염되는 쩨쩨함.

어느 날 천을 가로세로 엮어 만든, 내가 좋아하는 가방을 그녀가 부둥켜안고 있었다. "나 줘."

나는 건성으로 대답했다. "저기 있는 빨간 거랑 바꾸자."

그녀는 험상궂은 표정으로 "싫어!"라고 외쳤다.

언젠가 커다랗고 귀여운, 죽부인 모양의 새하얀 양 인형을 산 적이 있다. 불쌍한 노인은 흰 양을 껴안고 잠든다.

"아이, 탐난다." 그녀가 인형을 껴안고 뺨을 부비며 말한 순간 '네 얼굴 기름 묻히지 마!'라는 생각이 들었다. "하나야에서 7000엔에 팔더라." 그러자 그녀는 인형을 앞쪽으로 3미터나 내동댕이쳤다.

참, 차 이야기를 하고 있었지.

나는 집요하고 끈덕지며 뭐든 끝을 보는 사람이다.

"너 말이야, 어째서 당연하다는 듯이 새로 얻은 차를 가져가는 거야? 나도 매년 가게에다 부탁해서 받는다고. 그래서 새 차가 나올 때마다 가게에서 알려주는 거란 말이야. 너도 참

뻔뻔하다." 전염된 쩨쩨함이 똬리를 튼 살무사처럼 변했다. 아, 싫다.

언젠가 몇몇 친구들과 함께 여행을 가려고 역에서 모였다. 그녀는 "나도 가고 싶어, 나도!" 하며 플랫폼까지 쫓아왔다.

기차가 출발할 때까지 끈질기게 "가고 싶어"라고 중얼거렸다. 그 말에 질린 내가 "따라와"라는 말을 꺼내기가 무섭게, 그녀는 "야호!" 하며 기차에 올라탔다. 물론 비용은 전부 내가 댔다.

그녀는 F1 엔진을 장착한 경차처럼 활발하다. 아니, 그보다 침착성이 없고 줄곧 시끄럽게 떠든다고 하는 편이 정확할 것이다. 여하튼 일방적으로 떠들어댄다. 남들의 대화에 참여해 공통된 화제로 이야기를 나누는 법이 없다.

그녀의 말은 어느 틈에 연설이 되어버린다. 나는 그녀가 비탁음鼻濁音을 제대로 발음하지 않는 게 무척 거슬린다.

입에서는 침이 튄다.

그러다 어느 순간, 내가 '모두들 꺼려하는 여자와 어울리는 관대한 나 자신'에 도취되고 싶다는 몹시 불순한 마음으로 우쭐대며 그녀와 만난다는 사실을 깨달았다. 아아, 혐오스러운 나 자신.

그녀는 눈에 보이는 것에만 반응한다.

사고에 연속성이라는 게 없다. 그녀 자신의 역사도 그녀 안에 없다. 하물며 인류나 일본의 역사가 있을 리 만무하다.

마치 음악과도 같은 인생이다.

하지만 그녀는 사람을 원망하지 않는다.

원망에는 지속성이 필요하다.

5000만 엔짜리 사기를 당했을 때에도 정말로 빠르게 마음을 추슬렀다.

그래도 가끔은 내게 이런 말을 한다. "넌 나를 무시하거나 심술궂게 굴 때가 있어." 그 말대로다. 하지만 그녀는 내게 악연으로 맺어진 벗, 혹은 피붙이와도 같은 느낌을 준다.

서랍에 넣어둔 먼지투성이 물건에 때때로 볕을 쪼이는 것처럼, 나는 그녀 앞에서 심술궂은 마음을 펼쳐본다. 아, 싫다.

그러나 나는 아마도 그녀를 좋아하는 것이리라.

그녀가 인간의 욕망을 있는 그대로 꺼내 보이기 때문이다. 남들이 숨기는 것까지 그녀는 모조리 꺼낸다.

쩨쩨함과 욕심을 빼면 그녀는 매우 선량한 사람이다.

하지만 나는 그녀와 10년 동안 절교했다.

내 인내심이 한계에 다다라서다.

그런데도 그녀는 "아, 그래?"라며 넘어갔을 뿐, 내가 화났던 이유까지는 생각해보지 않는 듯하다.

무엇에 관해서건 이유를 생각하지 않는 사람일지도 모른다.

그녀는 언제나 불꽃처럼 타오른다.

끊임없는 불꽃놀이다.

F1의 엔진이 아니고서야 유지되지 못한다.

초등학교 때, 선생님이 창가에서 바깥쪽을 가리키며 "나가!"라고 고함을 질렀다고 한다.

그녀는 창문에서 바깥으로 뛰어내렸다.

"선생님이 창 쪽을 가리켰는걸."

언젠가 초승달이 뜬 날이었다.

"초승달은 왜 생겨?"

나는 경악했다. 종이에 달과 태양과 지구를 그리고 직선을 그어 설명하려 했더니, 어느새 그녀는 냉장고를 들여다보며 말했다. "이 케이크 먹어도 돼?" 나는 연필을 집어 던졌다.

구두쇠는 쩨쩨한 인생밖에 살지 못한다. 꼴좋다. 하지만 분하다. 그녀는 이런 내 마음을 눈치채지 못할 정도로 선량하다.

"있잖아, 프라다 스웨터 나 줘." 그녀가 어제 말했다. 내가 곧 죽을 몸이기 때문이다. 하지만 겨울까지 살지도 모르는데.

나는 웬일인지 화가 나지 않았다. 그녀가 지나치게 정직했기 때문이다.

그 순간 나는 하늘에서 계시라도 받은 듯 미움에서 해방되었다.

지금까지 그녀의 쩨쩨함과 욕심에 꽁해 있던 마음에서도 해방되었다.

아, 뭐든 다 주마. 모조리 다 가지고 가렴.

물건이 다 뭔가. 돈이 다 뭔가.

그녀는 신이 내게 준 리트머스 시험지다.

나는 마치 성불이라도 한 것 같았다.

사촌인 모모 언니가 분홍색 장미꽃을 잔뜩 가져다주었다. 센비키야에서 파는 멜론 과자도 가지고 왔다.

"뭐 필요한 거 없어? 돈이 남아돌아." 모모 언니는 언제나 이렇게 말한다. 나도 그에 질세라 응한다. "언니, 뭐 갖고 싶은 거 없어? 뭐든 말해봐."

오늘 나는 모모 언니에게 자수가 놓인 하얀 레이스에 둥근 깃이 달린 블라우스를 사주었다.

모모 언니는 정말로 훌륭한 인품을 지녔다. 언니와 주거니 받거니 하는 것만으로도 마음이 여유로워지는 데다 덤으로 즐겁기까지 하다.

모모 언니는 나보다 일곱 살 많은데, 옛날 일본의 좋은 부분만을 모조리 가지고 있다.

일단 자세가 곧고, 앉아 있는 모습도 아름답다.

"나도 이제 글렀어. 돈은 있는데 갖고 싶은 물건이 하나도 없지 뭐야. 나이 드니까 욕심이 없어져. 욕심은 젊음인가 봐."

나는 불현듯 싱글벙글 씨의 "성욕은 있지만 정력은 없다"는 이야기를 떠올렸다. 그렇다면 싱글벙글 씨는 아직 청춘인가.

모모 언니는 상스러운 말을 절대 입에 담지 않는다. 나도 음담패설이라면 한 적이 없지만 모모 언니한테서는 그런 대화를 거부하는 분위기가 풍긴다. 아마 언니는 평생토록 단 한 번도 천박한 이야기를 듣지 않았을 테지.

언니는 기품이 있지만 그렇다고 딱히 가계 혈통이 좋은 것은 아니다. 우리 아버지는 모모 언니네 아버지의 남동생으로 야마나시 현 촌구석의 농가 출신이다.

그러나 우리 아버지도 결코 품위가 없는 사람은 아니었다. 모모 언니의 아버지도 당당한 품격을 지니고 있었다.

나는 교육의 중요성을 절실히 느낀다. 모모 언니는 전후 민주주의 교육을 받지 않았다.

나는 완전히 전후 교육을 받으며 자란 세대다.

언니는 전쟁 중 학도 동원노동력을 보충하기 위해 학생들을 군수산업이나 식량 생산에 동원한 것 때문에 공부는 뒷전인 채 송진을 캐거나 숯을 짊어지고 날랐지만, 도덕과 예의범절 교육은 받았다고 한다.

같은 혈통이라도 언니에 비해 나는 품위가 없다.

품행도 단정치 못하다.

말본새도 거칠다. 모모 언니는 일상생활 가운데서도 자연스럽게 경어를 쓰며 아름다운 일본어를 구사한다.

인간에게 언어란 매우 중요하다. 언어만이 인간을 증명한다고도 할 수 있다.

언어는 민족의 자랑이다. 세계의 어느 국가에서든 언어가 민족의 자랑이 되어야만 한다.

입버릇이 나쁜 인간은 고릴라보다도, 소보다도 못하다.

동물들은 고독을 견디는 강인하고도 적막한 눈을 지니고 있다.

그러나 언어를 사용하는 동물은 고독한 눈을 잃어버렸다. 그런 눈은 온갖 욕망을 표현하는 도구로 전락하여 탐욕스럽게 번들거린다.

우리 인간은 숙명적으로 그렇게 변해버렸다.

모모 언니는 사람들의 일본어가 엉망진창으로 변해서 무척 가슴 아파했다. 아니, 우리 일족은 그에 대해 몹시 분노했다.

어떻게 해야 하느냐고 물었더니 전쟁 전의 교육으로 돌아가야 한다고 대답했다.

나도 동감이다.

일교조의 중학교 국어 교사가 "백모伯母와 숙모叔母는 따로 구분이 없다.둘 다 '오바ぁば'라고 발음함. 둘은 같은 단어다"라는 말을 하기에 모모 언니에게 물어보았다. "구분이 있는 게 당연하잖아. 그래서 일본어가 뛰어난 거라고."

나의 일본어는 정확했다. 심지어 나는 백부와 숙부의 차이점도 한눈에 알 수 있다.

영어는 올드ᵒˡᵈ 따위의 말을 붙여야 하니 운치가 없다.

일교조 교사들은 조합 회의에 가기 전에 백모와 숙모의 차이부터 공부하면 좋겠다.

권리만 주장해서는 안 된다.

바늘 가는 데 실 가는 것처럼, 권리에는 의무가 따르는 법이다.

바늘만 가지고는 천을 꿰맬 수 없다.

그나저나 나는 나보다 나이가 많은 모모 언니한테 몹시 실례되는 짓을 많이 하는 듯하다. 말버릇만 해도 그렇다.

모모 언니는 욕심이 없다. 욕심 없이 평생을 살았을 것이다.

신기하게도 욕심이 없는 사람에게는 돈이 모인다. 언니는 모인 돈을 비웃는다.

언니는 부끄러워할 줄 안다. 언니는 수치심이 무엇인지를 교육받은 세대다. 그때는 전 세계가 수치를 알았다.

수치를 모르는 사람이란, 짐승만도 못한 사람을 달리 일컫는 말이 아닐까.

자본주의와 민주주의 가운데서 어떻게 인간의 품격을 지켜나가야 할지, 솔직히 나는 잘 모르겠다.

모모 언니의 세대도 머지않아 사라질 테지.

가난해도 좋다. 나는 품격과 긍지를 지닌 채 죽고 싶다.

하지만 어떻게 하면 좋을지 모르겠다.

모모 언니, 나는 돈으로 살 수 없는 것을 주고 싶어. 존경이나 은의恩義 같은 걸 말이야.

성격이 나쁜 사람은
자기 성격이 나쁘다는 사실을 모른다

아무래도 내가 일을 싫어한다고 떠벌리고 다닌 모양이다.

토토코 씨한테 혼났다. 토토코 씨는 일이 삶의 낙이라고 할 정도로 일을 좋아한다.

"요코 씨도 일을 좋아하는 게 분명해. 지금까지 쭉 일했는 걸."

"먹고살려고 한 거야. 지독하게 가난했으니까."

"지금은 가난하지 않잖아?"

"그럭저럭 살 만한 정도지. 그래도 일거리가 떨어지면 초조해져."

"거봐, 어차피 할 거면 싫다는 말은 안 하는 편이 좋아."

맞는 말이긴 하지만 싫은 건 싫다. 나는 종일 소파에 드러누워 텔레비전이나 비디오를 볼 때 행복하다. 그러는 게 너무

나도 좋아서, 아무도 없는 집에서 〈파트너〉 같은 드라마를 한창 보던 중 문득 그 행복을 느끼면 깔깔 웃음이 터질 정도다. 아아, 이러니 혼자 사는 걸 도무지 포기할 수 없다. 하지만 깔깔대며 웃는 와중에도 스스로가 게으름뱅이처럼 느껴져 왠지 껄끄럽다. 보통은 예순이면 정년을 맞이한다. 나는 일흔이다. 게다가 이제 곧 죽을 몸이다. 건강한 사람들도 언젠가는 죽겠지만 그게 지금은 아니라고 생각한다.

이제 곧 죽는다는 생각이 들면 도통 의욕이 생기지 않는다. 일에 대해서뿐 아니라 세상만사에 의욕이 없어진다.

하지만 살아 있으면서도 아무런 할 일이 없는 건 지루하다.

미남 의사에게 시한부 선고를 받았다. 어쩌면 내가 시한부 선고를 하게끔 의사를 위협했다고 말하는 편이 더 정확할지도 모른다. 그 당시에는 내게 주어진 시간을 모두 들여 죽음과 직면하는 과정에 대해 생각해보고 싶었다. 하지만 그런 건 불가능했다. 무덤을 사거나 장례를 치를 절을 정하는 등의 준비를 해봐도, 살아 있으면 그만 잊어버리고 만다. 내가 죽는다는 사실을.

그래서 절름절름 다리를 절며 두리번두리번 사방을 살핀다. 아, 천리향이 피었다. 오늘은 추우니 밖에 나가지 말까? 휘적휘적 걷다가 들어간 옷 가게에서 치마를 사기도 한다. 이제 옷

따윈 사봤자 아무런 쓸모가 없는데도.

그렇다면 "나는 새는 뒤를 어지르지 않는다"라는 속담처럼 주변 정리라도 깨끗이 해두는 편이 좋겠지만, 의욕이 전혀 생기지 않는다. 세상에는 교통사고로 죽는 사람도, 머리 위로 창문이 떨어져서 죽는 사람도 있는걸.

아들에게 물어보았다. "넌 일이 좋아?"

"싫진 않아."

이야.

소설가인 후지사와 슈 씨에게 물어보았다. "일 좋아하세요?" 후지사와 씨는 평소 어조보다 세 배 정도 강한 어조로 대답했다. "당연히 싫죠!"

그 말을 듣자 마음속에 팟, 하고 강렬한 빛이 내리쬐듯 기분이 좋아졌다.

사람은 제각각이다.

그렇다, 사람은 제각각이다.

나는 스스로 원해서 시한부 선고를 받았는데도, 점차 선고를 듣지 않는 편이 좋았을지도 모른다는 생각이 들었다.

하지만 의학의 진보는 아침과 저녁이 다를 정도다.

나는 암이 전이된 뼈에 듣는 약과 정체불명의 허셉틴이라는 약을 링거로 맞기 위해 일주일에 한 번 병원에 간다. 그러나 오로지 미남 의사를 보고 싶을 뿐이다.

요전에는 의사가 어떤 주사를 놓아주었는데, 머리카락이 하룻밤 사이에 다 빠져서 대머리가 되었다.

절의 스님보다도 더 반짝반짝한 대머리다. 스님은 모근이라도 있으니 푸릇푸릇하지만 나는 모근도 없었다.

모자를 사기도 했고 선물도 받았다. 하지만 나한테는 모자가 안 어울렸다.

집에 있을 때는 민머리를 드러내놓고 다녔다. 민둥산이 된 이후에야 내 두상이 예쁘다는 사실을 깨달았다.

머리카락이 다 빠진 나를 보고 있자면 비로소 '순수한 나 자신'이 된 기분이 들었다.

한평생 거짓말이라고는 해본 적이 없는 사람의 마음이 이런 형태일까.

또 하나 깨달은 사실이 있다. 나는 얼굴만 못났다. 젊은 시절 나는 내 손과 발에 홀딱 반했다. 하지만 얼굴이 몸 전체에서 차지하는 면적이 얼마 안 되어도, 여자는 얼굴이 생명이라는 진리를 70년 동안 충분히 느꼈다.

나는 똑똑하지는 않지만 구제불능의 바보도 아니다. 그래도 다시 태어난다면 '멍청한 미인'이 되고 싶다. 얼마 전 거울로 얼굴을 보며 "너도 참 이 얼굴로 용케 살아왔구나. 기특하기도 하지, 대견하기도 하지"라고 말했더니 스스로가 갸륵해서 눈물이 나왔다.

　관에 들어가면 다들 관 뚜껑의 창문을 통해 죽은 내 얼굴을 보겠구나, 라는 생각이 들자 그만 울적해졌다.

　그렇지만 나는 초롱아귀^{아귀목 초롱아귀과의 바닷물고기}가 아니다. 눈이 앞으로 늘어져 있지 않으니 자신의 얼굴을 안 봐도 괜찮다. 저자는 초롱아귀의 길쭉한 촉수를 눈으로 착각하고 있다. 그래서 내 못난 용모를 종종 잊어버린다.

　잊어버리고서 하고 싶은 말을 양껏 지껄인다.

　뼈가 아파 드러누워 있으면서도 입은 멀쩡히 살아 있다. 건강하고도 튼튼하게 살아 있다. 게다가 목소리도 크다.

　"요코는 안 죽을 것 같아." 처음에는 내게 몹시 상냥했던 친구가 말을 꺼냈다. 그러자 모두들 "요코가 가장 오래 살걸" 하며 일말의 동정심마저 내비치지 않게 되었다.

　내 커다란 목소리를 칭찬해준 사람은 노래 선생님뿐이었다.

　"목소리는 타고나는 거야. 귀중히 여기렴."

　예전에 아들 친구 몇 명과 함께 노래를 부른 적이 있다. 첫 소절을 부르자 옆자리에 앉아 있던 여자애가 1미터 정도 옆으로 홱 물러났다.

　그래도 유쾌하게 노래를 이어가다가 아들에게 혼났다.

"엄마, 배에 힘주고 노래 부르지 마!!"

아니, 노래란 원래 배에 힘을 주고 부르는 것이 아니던가. 나는 노래를 잃어버린 카나리아가 되었다.

'훌륭하게 죽자'고 결심했다.

훌륭한 게 무엇인지는 모르겠지만.

『전국무장의 사생관戦国武将の死生観』이라는 책에 등장하는 무사들은 정말로 명예를 소중히 여긴다. 결단력 있게, 수치를 두려워하며 할복한다. 아무도 "목숨은 지구보다 중하다" 따위의 말을 하지 않는다. 나도 사무라이처럼 죽고 싶다.

이 민주주의 세상에서 어떻게 해야 그렇게 죽을 수 있을까.

세키가하라 전투일본 역사에서 도쿠가 가문의 패권이 확립된 전투에 마취약을 가진 의사가 동행했을 리 없다.

전장의 신음 소리는 아마도 굉장했겠지.

아버지는 매일 저녁 식사 때, 아무것도 모르는 어린 자식들에게 설교를 늘어놓았다.

"인간은 구부러진 새끼손가락을 펴기 위해서는 천 리 길도 마다하지 않는다. 반면 성격을 고쳐줄 수 있는 사람이 이웃에 살아도 찾아가지 않지"라는 식이었다. 어릴 적부터 비뚤어졌던 나는 '성격이 나쁜 사람은 자기 성격이 나쁘다는 사실을 모르니까 성격이 나쁜 게 아닌가?'라는 생각을 했다.

사람은 누구나 자신만은 착하다고 생각하지 않을까?

자신의 단점을 아는 사람은 위인이다.

"돈과 목숨을 아끼지 말라"라는 설교도 있었다.

아버지는 가난뱅이여서 아낄 돈도 없었으니 그런 말을 할수 있었던 걸까.

죽기 싫다는 병자를 경멸한 적도 있다.

비쩍 말라 거의 이불과 혼연일체가 되었던 아버지는 2년간 줄곧 천장만 바라보다가 조용히 죽었다.

죽기 사흘쯤 전에는 아직 다 크지 않은 네 명의 자식들을 앉혀놓고 하나하나 지그시 바라보았다. 지그시 바라보는 시간이 너무도 길었던 나머지 우리는 전부 고개를 숙이고 있었다.

사생관死生觀은 세대마다 다르다.

의사가 또다시 정체불명의 대머리가 되는 약을 지어주려고 했을 때 나는 "그건 무슨 약이에요?" 하고 물었다. "아, 그렇죠. 사노 씨는 목숨을 억지로 늘리지 말아달라고 하셨지요. 저는 사노 씨가 좀 더 살아주시면 좋겠는데요."

나는 멍하니 기분이 좋아졌다. 아들 또래의 젊고 근사한 남자가 이런 말을 해주다니. 순간적으로 의사를 위해서라도 좀 더 살아볼까, 하는 생각마저 들었다.

"알겠습니다. 이 약은 뺄게요."

좋아, 의사를 위해서라도 훌륭하게 죽어주지.

어떻게 죽어야 훌륭한 죽음인지는 지금도 모르겠지만.

나는 취향이 저급하기로 정평이 나 있다.

줄리의 콘서트를 보러 갔다.

줄리는 다섯 시간 동안 여든한 곡을 불렀다. 통증이 심해지면 도중에 나오려고 했는데 마지막까지 자리를 지킬 수 있었다. 예순이 된 그는 살이 쪄서 그 옛날 퇴폐적인 미청년의 면모는 찾아볼 수 없었지만, 첫 곡부터 마지막 곡까지 여든한 곡을 녹슬지 않은 목소리로 열창했다. 정말로 프로다웠다. 나는 감동했다. 그리고 엄청나게 행복해졌다.

관객은 대부분 나이 많은 아줌마였다. 이런 우리를 위해서 온 힘을 다해 노래해주다니, 살아 있어서 다행이다. 지금 다시 떠올려도 행복하다.

꽤 오래전에 들은 이야기다. 암에 걸려 격심한 통증에 시달리는 한 아저씨가 아플 때마다 〈여자의 무대〉라는 노래를 틀어달라고 했고, 그랬더니 3분 정도는 아픔을 잊었다고 한다.

모차르트를 들으며 아픔을 잊는 사람도 있겠지.

나니와부시 일본의 전통 현악기인 샤미센을 반주로 의리나 인정을 노래하는 창맥

60

를 듣는 사람도 있을지 모른다.

나는 마지막 순간에 줄리의 〈오늘 밤 결정할 거야〉를 듣고
싶다.

요즘은 줄리처럼 나른하면서도 퇴폐적인 미청년이 없다. 모
두가 쓸데없이 명랑할 뿐이다.

어째서 그렇게 밝은 걸까.

옛날에는 젊은 재능이 문학으로 쏠렸다. 어두웠다. 그다음
에는 만화로 쏠렸다. 밝은 것도 어두운 것도 다양하게 존재했
다. 지금은 예능에 쏠려 있다.

나는 이 현상으로 세상 물정을 분석할 수 없다. 아마 평론가
라면 이것저것 분석하겠지만, 사실은 평론이 가장 수상쩍다.
내 뇌는 분석이나 평론을 하지 않는다. "우와, 진짜 대단하다!"
라는 게 가장 감탄했을 때의 표현이다.

줄리의 콘서트장에서도 "우와, 진짜 대단하다!"라고 감탄했
을 게 틀림없다.

나는 세상만사에 감탄하고 싶다.

요즘은 드라마 〈춤추는 대수사선〉에서 야나기바 도시로가
어금니를 꽉 깨물며 이마에 핏대를 세우는 연기에 감탄한다.
어금니가 닳아버리는 건 아닐까. 걱정을 멈출 수 없다.

이제 곧 죽는데 이런 인생을 보내도 괜찮을까.

나는 정말로 취향이 저급하다.

40년 전, 베를린에서 카라얀이 최전성기를 맞이했을 무렵에 지인이 나를 뉴이어 콘서트에 데리고 갔다. 지인이 매스컴 관계자여서 가장 좋은 자리에 앉았지만, 나는 졸음을 참을 수 없었다. 하지만 카라얀의 남자다운 풍채는 정말로 놀라웠다. 근사한 남자의 갖가지 몸짓을 구경했던 그때도 "우와, 진짜 대단하다!"라고 감탄했다.

"나 카라얀 콘서트 갔다 왔어." 고급 취향을 가진 친구에게 이렇게 말하면 부러워한다. 나는 오로지 질투심을 유발하기 위해 이 말을 꺼낸다.

내 마음속에는 카라얀보다 줄리의 등급이 더 높다.

언제부터 세간의 평판을 신경 쓰지 않게 된 것일까. 아니, 나는 어릴 때부터 세간은 아무래도 상관없었다.

이러면 남들에게 미움을 받겠지.

나는 인사치레를 못한다. 인사치레를 하려 들면 입이 썩는 것 같다. 그러니 내가 하는 칭찬은 진심이다.

지금이 인생 중 가장 행복하다.

일흔은 죽기에 딱 적당한 나이이다.

미련 따윈 없다. 일을 싫어하니 반드시 하고 싶은 일도 당연히 없다. 어린 자식이 있는 것도 아니다.

죽을 때 괴롭지 않도록 호스피스도 예약해두었다.

집 안이 난장판인 것은 알아서 처리해주면 좋겠다.

저세상을 믿진 않지만, 만약 저세상이 있어서 아버지를 만
난다 해도 지금의 나는 아버지보다 스무 살이나 많으니 정말
로 곤란하다.

찢어지게 가난했다. 나는 모든 것을 가난으로부터 배웠다.

부자는 돈을 자랑하지만, 가난뱅이는 가난을 자랑한다.

모두들 자랑 없이는 살아가지 못한다.

아버지의 저녁 설교 중 이런 말도 있었다.

"가장 중요한 것은 돈으로 살 수 없다."

내게 가장 중요한 것은 무엇이었을까?

아마도 '정情'이었겠지.

죽지 않는 사람은 없다

    우리 가족은 내 눈앞에서 차례차례 몇 명이나 죽었다. 옛날에는 모두들 병에 걸리면 집에서 죽었다.

    내가 세 살 때, 태어난 지 33일 된 남동생이 커피콩 찌꺼기 같은 쌍코피를 흘리며 죽었다. 너무 작아서 얼굴조차 기억이 안 난다. 그저 갓난아기의 얼굴일 뿐이었다. 33일 정도로는 사람의 형상이 나타나지 않는 거겠지. 나는 슬프지 않았다. 갓난아기에 불과했기 때문이다. 도대체 남동생은 어떤 병에 걸렸던 걸까. 병원에 데리고 갈 틈도 없이 갑자기 죽어버렸다.

    하지만 엄마는 울었다. 문상객이 오면 울었는데, 그때는 불고체면하고 통곡하지는 않았다. 몇 년 뒤 오빠가 죽었을 때의 엄마를 보고서야 비로소 나는 그 사실을 깨달았다.

    내 아래 아래 남동생은 다롄에서 귀국한 지 석 달 만에 덜

컥 죽었다.

이름은 다다시였다. 그때 우리 집에는 자식이 다섯이나 있었는데, 여덟 살이었던 나는 네 살 난 다다시의 보모 역할을 하고 있었다.

지금도 다다시의 작고 보드랍고 동그스름한 손의 감촉이 떠오른다.

나는 항상 다다시의 손을 잡고 있었다. 일본으로 돌아올 때는 배 밑바닥에서 줄사다리를 타고 올라가 얼어서 미끈대는 갑판의 화장실까지 데려갔다. 다다시는 네 살치고는 위엄이 있었다. 한 번도 떼쓰거나 멋대로 구는 일이 없었다. 말수가 적은 데다 눈썹 끝에 털이 나지 않은 부분이 있어서 어린 사이고 다카모리메이지유신을 성공으로 이끈 유신삼걸 중 한 사람 같았다.

엄마는 등에 생후 3개월 된 갓난아기를 업고 있었고, 그 외에도 자식이 셋이나 더 있었기 때문에 다다시는 마치 내 아들 같았다. 이제 와서 돌이켜보니, 어쩌면 엄마보다 내가 다다시를 더 잘 알았을지도 모르겠다는 생각이 든다.

아버지의 고향으로 돌아온 뒤로도 다다시는 나의 아들이었다. 2월에 돌아와서 5월에 죽었다.

죽기 전날, 나와 다다시는 연꽃밭에 갔다. 나는 연꽃을 꺾어 다다시의 손에 쥐여 주었다. 평소라면 몹시 기뻐했을 다다시가 그날따라 웃지 않았다. 바위에 앉은 채 꽃을 쥐고 있었다. 꽃을 또 쥐어 주려고 했더니, 앞서 준 꽃다발이 터무니없이 뜨겁고 흐물흐물해져 있었다.

집으로 가려고 손을 잡아끌어도 다다시는 요지부동이었다. 나는 거세게 손을 잡아챘다. 다다시는 마지못해 걷다가 곧바로 쭈그려 앉았다. 나는 초조해져서 다다시를 들쳐 업었다. 등이 몹시 뜨거웠다. 그때 다다시가 고열에 시달리고 있었다는 사실을 어른이 된 후에야 깨달았다.

이틀째 되던 밤, 다다시는 아버지 본가의 누에 치는 방에서 죽었다.

작디작은 관이었다. 의사도 오지 않았다. 의사가 없는 마을이었다.

엄마가 울었는지 어땠는지는 기억이 나지 않는다. 아버지는 울지 않았다.

다다시는 하얀 쌀밥을 일평생 한 번도 먹어보지 못한 채 죽었다.

중국에서는 수수와 밤을, 일본으로 돌아온 뒤에는 고구마가 든 보리밥이나 고구마만을 먹었다. 아마도 영양실조로 고열과 싸울 힘이 1그램도 남아 있지 않았을 테지.

죽어가는 다다시의 옆에는 다다시와 마찬가지로 죽음과 싸우고 있는 또 한 명의 남동생이 이불을 덮고 있었다.

아래쪽 부엌에서 친척 아주머니들이 "누가 먼저 죽을까?"라며 내기 걸듯 하는 말을 듣고서야 비로소 '아, 누군가 죽는 거구나'라고 생각했다.

다음 날 눈을 떴을 때 다다시는 숨이 끊어져 있었다.

작디작은 관이었다. 농부의 일곱 번째 아들인 아버지한테 남겨진 무덤 자리는 없었다. 남에게 폐를 끼치지 않도록 주인 없는 무덤 한구석에 다다시를 묻었다.

이듬해 6월 장마철에는 오빠가 죽었다. 죽기 전 오빠는 일주일 정도 잠을 잤다. 엄마는 반쯤 미쳐버렸다.

엄마가 하도 울기만 하니까 아버지는 절의 스님한테 엄마를 데려갔다. 이제와 생각해보면, 엄마는 신앙심이라는 게 전혀 없는 사람이었으니 스님도 아무 도움이 안 되었을 것이다. 두 번 간 다음 다시는 절에 가지 않았다. 그러고는 계속 울었다.

그때는 소개疏開 명령을 받아 후지 강 건너편 마을 변두리로 온 의사가 있었다. 세찬 비에 후지 강이 범람해 철교 위까지 강물이 흘러넘쳤다. 나는 새벽 2시에, 한 시간도 넘게 걸리는 새까만 산길을 달려 의사를 깨우러 갔다. 내 평생 그렇게 무서웠던 적은 없었다. 한밤중의 칠흑 같은 숲 속이 얼마나 무서운지 아는 사람은 드물 것이다.

나는 이미 자고 있던 의사의 집 대문을 두드렸다. 울고 소리 지르고 고함쳤다. 덧문이 부서져라 두드렸다. 나는 그저 울부짖었다. "일어나세요! 일어나세요!" 목이 아파왔다.

의사가 잠옷 차림으로 덧문을 열고는 잠이 덜 깬 목소리로 말했다. "혼자 왔니?"

나는 의사를 데리고 달렸다. '데리고'라고 말해도 과언이 아닐 정도였다. "잠깐, 좀 기다려." 의사는 헉헉거리며 내 뒤를 쫓아왔다.

의사를 부르러 밤중에 달린 건 그게 두 번째였다. 두 번째 밤, 의사의 눈앞에서 오빠는 죽었다.

나와 오빠는 거의 근친상간이라고 해도 좋을 정도로 일심동체였다.

나는 언제나 오빠의 눈빛을 정확히 읽어냈다. 오빠가 나를 신뢰한다는 사실을 정확히 의식하고 있었다. 심장이 오른쪽에 달린 병약한 오빠를, 내가 지켜야 할 존재라고 여겼다.

엄마는 울었다. 목소리가 가수 모리 신이치처럼 걸쭉하게 되어서도 쉬지 않고 울었다.

장남을 잃은 엄마에게 무수한 동정이 쏟아졌다. 동정이 쏟아지면 엄마는 곧바로 눈물을 흘렸다.

오빠가 죽은 순간 나도 울었다. 다다미에 몸을 내던지며 울었다. 그러고 난 다음부터는 울지 않았다.

장남을 잃은 엄마를 위해 울어주는 사람도 있었다. 그러나 오빠를 잃은 여동생인 나를 동정하는 어른은 아무도 없었다.

나는 매일 오빠와 손을 잡고 잠들었다.

잡을 손이 없는 밤마다 나는 오빠의 죽음을 실감했다. 오빠가 죽었구나. 그 사실을 날마다 잊어버리는구나. 매일 밤 소스라치게 놀랐다.

화장터가 없는 후지 강 가장자리의 작은 마을에서 엄마는 오빠를 화장하겠다고 고집을 부렸다.

오빠의 관을 강기슭의 장작 위에 올려두고, 친척 남자들이 나무를 잔뜩 모아서 태웠다. 불은 부모가 아닌 형제가 붙여야 한다기에 내가 오빠에게 불을 붙였다. 비가 억수같이 쏟아지는 날이었다.

엄마는 그 연기를 멀리서 바라보다 몸부림치며 오열했다.

나는 일흔이고 이제 곧 죽을 몸이지만, 70년 인생을 통틀어 오빠의 죽음으로 인해 가장 큰 상실감을 느꼈다.

눈앞에서 사람이 픽픽 죽으면, 죽음이란 정말로 단순하고도 당연한 일처럼 여겨진다.

나는 두려움과 공포를 모르는 사람이 되었다.

세찬 비가 내리는 한밤중에 칠흑 같은 산길을 달리고 나니

어두운 장소를 무서워하지 않게 되었다. 그때의 일을 떠올리면 아무리 컴컴한 곳이라도 가볍게 여길 수 있었다.

어른이 된 다음 남자에게 반하고 자시고 할 때에도, 헤어지니 마니 소동을 부릴 때에도 나는 눈물을 흘리지 않았다.

나는 분할 때만 우는 사람이 되어버렸다.

분해서 흘리는 눈물에는 상쾌함이 없다.

다다시를 떠올려도 나는 운다. 언제라도 운다. 가엾어서 그런 걸까. 이제 다다시를 기억하는 사람은 가족 중에서 나밖에 없다.

어제 사촌인 모모 언니가 왔다.

모모 언니는 아버지 쪽 사촌으로 나보다 아홉 살 많다.

모모 언니는 다다시를 기억하고 있었다.

"그 애는 정말로 아까워. 큰 인물이 될 상이었는데. 미안하지만 너희 집 남자 형제들 중에 그렇게 큰 인물은 없잖니. 정말로 아까운 애가 죽었어."

큰 인물이 없어서 면목이 없다. 하지만 나도 모모 언니의 말에 동의한다.

내가 생각하기로 사람은 집에서 죽어야 한다.

병원에서 죽는 게 당연해진 세상이지만, 사실은 자기 집 다다미 위에서 죽어야 마땅하다.

그때는 목숨이 지구보다 중하다는 사람이 없었다.

지금은 일본 아이들의 목숨보다 이라크 아이들의 목숨이 더 가벼운 세상이다.

다다시와 오빠의 목숨도 혼불이 되어 훌쩍 사라질 정도로 가벼웠다. 하지만 모든 목숨은 저울로 잴 수도 돈으로 바꿀 수도 없다.

어른이 되면 좀처럼 꼴깍 죽을 수가 없다.

아버지는 2년 동안 얄팍한 이불이나 매한가지로 비쩍 말라 천장만 바라보다 죽었다.

나도 꼴깍 죽지 못한다.

이러다 혹시 안 죽는 게 아닌가 하는 생각마저 든다.

어제 병원에서 잘생긴 의사에게 물어보았다.

"앞으로 얼마나 남았나요? 정확하지 않아도 괜찮아요. 이를테면 월 단위나 주 단위로 대충 얘기해주셔도 되고요."

"음, 반년 정도일까요."

"뭐라고요?! 선생님, 전에 2년 남았다고 하셔서 전 완전히 그런 줄 알았다고요. 2년은 이미 예전에 지났어요. 흥청망청 돈을 다 써버렸단 말이에요."

"돈을 다 쓰셨어요? 그것참 곤란하군요."

"호스피스에 들어갈 돈만 남겨뒀어요."

"난처하네요."

의사가 웃음을 터트리는 통에 나도 웃어버렸다.

의사가 불쌍해져서 덧붙였다.

"쓸데없이 건강하니까 일할 거예요. 그러니 괜찮아요."

잘생긴 의사는 4월에 개업한다. 지금 다니는 병원보다 가까워서 의사를 따라 병원을 옮기기로 했다. 택시비가 반으로 절약된다.

나는 죽을 때까지 어떤 마음으로 살아야 할지 모르겠다.

단, 병과의 장렬한 싸움만은 싫다.

죽을 때까지 무대에 서고 싶다는 연극배우가 나날이 야위어가는 모습으로 등장했던 무대는 싫었다. 관객에게 실례가 아닌가. 나는 통증이 시작되면 곧바로 마취제를 놓아주었으면 한다. 지체 없이 놓아주면 좋겠다.

죽는 건 아무렇지도 않지만 아픈 건 싫다. 아픈 건 무섭다. 멍해진 머리로 침을 흘려도 상관없으니 아픈 것만은 피하고 싶다.

요즘 이상한 꿈을 꾼다. 이제껏 맡아본 적 없는, 썩은 냄새만이 풍겨오는 꿈을 두 번 꿨다. 두 번 다 같은 꿈이었다. 나는 꿈속에서 이것이 죽음의 냄새인가, 시체의 냄새가 아니라 죽음의 냄새인가, 라는 생각을 했다.

요전에는 죽은 아버지가 남색 잔무늬의 홑겹 명주옷을 펄럭거리며, 닌자처럼 일곱 명 여덟 명이 되어 소리 없이 내 주위를 빙빙 맴돌았다.

어젯밤에는 오빠가 여름용 흑백 무명천으로 만든 셔츠에 반바지를 입고 디지털신호처럼 나타났다 사라졌다 했다.

나는 저세상을 믿지 않는다.

저세상은 이 세상의 상상의 산물이다.

그러므로 저세상은 이 세상에 있다.

불행히 젊은 나이에 죽은 동창도 있다. 모두들 깜짝 놀라 거짓말 같다고 중얼거리며 장례식장에서 울었다. 저마다의 상념이 교차했고, 상복의 새하얀 손수건이 팔랑팔랑 움직였다.

오랜만에 만난 동창생들이 어른이 된 모습에 감탄하며 "모처럼 만났으니 같이 밥이라도 먹을까?" 하고 2층에 방이 있는 가게로 줄줄이 들어갔다. 그리고 숙연하게 "너무 빨리 갔어" "어째서 그렇게 좋은 녀석이……"라는 말과 함께 잠시 먼 곳을 응시하며 저세상으로 간 옛 친구의 모습을 추억했다.

한 시간쯤 지나자 더 이상 아무도 죽은 사람을 떠올리지 않았다. "바보 자식, 선생님한테 일러바친 거 너였지?" "난 아냐." 그러면 창백한 수재가 대답했다. "사실은 내가 참모였는데." "뭐, 정말?" 실로 활기차고 즐거운 동창회로 변하는 것이었다.

그럴 때 나는 갑자기 깨닫는다. 타인의 죽음은 한 시간밖에 지속되지 않는다. 친족과 타인은 다르다. 사이가 각별했던 사람 말고는, 때때로 죽은 이를 추억하며 쓸쓸해하면 그것으로 충분할지도 모른다.

어릴 적부터 사이가 좋았던 고짱이 50대 중반에 죽었을 때는 충격을 받았다.

이제 고짱은 예쁜 갈색 상자에 가득 찬 추억으로 존재하게 되었다.

나는 때때로 뚜껑을 열고 기억을 고른다.

디카프리오를 납작하게 누른 듯한 강건한 얼굴, 어느 누구와도 다른 풍모. 우리는 어릴 적부터 서로를 존경했었다. 고짱 말고는 누구에게도 그러한 감정을 품은 적이 없었다.

나는 어른이 된 이후 몹시 비뚤어져서, 나를 존경한다는 사람이 더 이상 나타나지 않았다.

대놓고 멍청한 짓을 하는 데다가, 그런 주제에 남의 결점은 무척이나 재빨리 눈치챘다.

고짱은 나보다 나이가 어렸지만 로버트 드니로 같은 다부진 체격에 안정감이 있었다.

내가 고짱을 존경했기 때문에 고짱도 나를 다정하게 대했을
지 모른다.

죽지 않는 사람은 없다.

죽어도 용서할 수 없는 사람은 아무도 없다.

그리고 세계는 점점 쓸쓸해진다.

내가 죽고 내 세계가 죽어도
소란 피우지 말길

사노 요코 x 히라이 다쓰오*

◆ 쓰키지 신경과 클리닉 이사장

사노 씨, 그렇게 간단히 죽지 않아요

히라이   사노 씨, 그 뒤로 괜찮으셨어요?

사노   제 머리 상태가 그렇게 심각했나요?! 선생님이 감마나
       이프감마선을 이용한 최첨단 뇌수술 장비로 병든 곳을 전부 잘
       라내주셨잖아요.

히라이   아니, 종양은 뇌 속이 아니라 바깥의 경막이랑 뼈에만
       있었어요. 그러니까 그렇게 간단히는 죽지 않아요.

사노   우왓! 그래요?

히라이   남은 날이 2년이라고 한 건 누구예요?

사노   주치의 H 선생님이 그랬는데, 요전에는 잘 모르겠다고
       하시더라고요.

히라이   그렇죠. 2년 안에는 죽지 않아요.

사노   그래요? 아, 곤란하네. 2년이라고 해서 기세등등하게 돈을 전부 다 써버렸어요.(웃음)

히라이   폐에는 전이되지 않은걸요. PET랑 CT를 찍어 봤는데 없었어요. 간에도 없었고요. 전이된 건 뼈뿐이죠?

사노   네, 신장에는 좀 전이된 것 같지만요. 아 싫다, 곤란해요! 계획이 틀어져요!(웃음) 딱 잘됐다고 생각했는데. 전 이제 일 안 해도 괜찮을 나이잖아요. 다들 정년이 되면 일을 그만두잖아요? 전 일흔이라고요.

히라이   일을 안 하면 치매에 걸려요.(웃음)

사노   이젠 걸려도 상관없어요.(웃음)

의사와 환자의 관계는 2.5인칭

사노   의사는 환자의 죽음을 보는 게 일이잖아요. 자기 자신도 언젠가 죽고요. 가족 중 누군가도 언젠가는 죽겠지요. 그러니 의사와 일반인은 죽음을 대하는 태도가 다를 것 같은데요.

히라이   의사도 아마 보통 사람과 마찬가지로 느낄 거예요. 단지 삶과 죽음이 일의 일부이니 여러 가지 차이가 있지요. 의사는 생물학적으로 삶과 죽음을 잘 알고 있어서 아무래도 죽음을 받아들이기 쉽습니다. 겉보기에는 태평하게 일하는 것 같지만 의료사고나 법률문제도 신경 써야 하고요. 또 무언가를 하려고 했을 때 윤리성이 있는지 없는지 등의 제약을 느끼기도 해요. 환자를 대하면서 이렇게 저렇게 해주고 싶어도 법률적·윤리적으로 다양한 문제가 얽혀 있으니 뜻대로 할 수가 없어요.

사노   그럼 '하루빨리 편하게 해주고 싶다'라는 생각이 들어도 그럴 수 없겠군요.

히라이   그렇죠. 그런 생각도 들지만 좀체 그럴 수 없지요. 법률상의 문제가 있어서 변호사와 상담하지 않으면 안 된다든지, 윤리적인지 아닌지 하는 문제가 있으니까요. 의사는 단순하게 행동할 수 없어요. "잘도 그런 일을 했군"이라는 말을 들으니까요.(웃음)

사노   아하하하.

히라이   게다가 환자의 가족이 배신하는 경우도 있어요. 반년이나 간병하다 보면 가족도 지쳐서 상담하러 오거든요. "그럼 장치를 뗄까요?"라는 식으로 이야기가 흘러가지요. 그런 다음에 다른 친척이 와서 "그런 서류가

작성됐나요?"라고 물을 때도 있죠. 눈 깜짝할 새에 곤란한 상황에 빠져요.

사노 부모가 죽을병에 걸렸을 경우, 자식이 있으면 그들끼리도 의견이 나뉘지요?

히라이 뭐 그렇죠.

사노 어려운 문제군요.

히라이 어려워요. 사람은 죽음과의 거리에 따라 전혀 다른 느낌을 받으니까요. 어떤 사람이 한 말인데요, 죽음에 대한 감상에도 1인칭, 2인칭, 3인칭이 있다는군요. '그·그녀(3인칭)의 죽음'은 아, 죽었구나 정도로 별로 슬퍼하지 않아요. 반면 2인칭인 '당신의 죽음(부모, 자식, 형제 등)'은 심각하게 받아들이죠. 그래도 그건 자신의 죽음이 아니에요. 1인칭의 죽음, 즉 '나의 죽음'은 아무도 경험해보지 못했던 일인 데다 남들한테 물을 수도 없으니 어려운 거죠. 의사에게 환자의 죽음은 어떤가 하면, 그·그녀의 죽음처럼 3인칭은 아닙니다. 환자와의 관계가 있으니 2인칭도 아니고 2.5인칭 정도일까요.

사노 과연 그렇군요. 지금의 죽음이란 뇌사를 일컫는 건가요?

히라이 아뇨, 몸 전체의 죽음입니다.

사노   그러면 뇌가 가장 먼저 죽나요?

히라이   죽는 방식은 여러 가지예요. 열차에 치이는 등의 무시
        무시한 죽음도 있지만, 그런 죽음은 검시관이 보지요.
        저 같은 병원 의사는 병동에서 숨을 거두는 환자를 진
        료하니까 심장이 멈추는지 호흡이 멈추는지를 보게 됩
        니다. 뇌사일 때는 호흡이 멈추고요. 심장 이상일 때는
        심장이 먼저 멈춰요.

사노   그러면 병에 따라서 죽음의 판정이 달라지는 건가요?

히라이   그렇죠. 달라지긴 해도 뇌사 판정이 필요한 이유는 이
        식 문제가 있어서고요. 그래서 뇌사 판정 기준이 만들
        어졌지요. 과거에 '죽음'이란 호흡이 멎고 심장이 멈추
        고 동공이 풀리는 걸 의미했어요. 의사가 보고 "돌아가
        셨습니다"라고 선고하면 끝이었지요. 의사도 정신을 바
        짝 차려야 했죠. "임종하셨습니다"라고 말한 뒤에 다리
        가 갑자기 움직이기라도 하면 곤란하니까요.(웃음)

사노   요즘은 다들 병원에서 죽지만 옛날에는 집에서 죽었으
        니, 죽은 줄 알았는데 다시 살아나는 경우도 있었죠.

히라이   그랬지요. 의사가 봐도 잘 모를 때도 있어요. 죽음을 선
        고한 후에 모니터 심전도를 봤더니 피융, 하고 파형이
        나오는 경우도 있으니까요. 그래서 오해받지 않도록 죽

음 선고 전에 모니터를 치워요.

사노   정말로 되살아난 사람이 있는 거로군요.

히라이   제 경험상 병원에서 병사하면 그런 일은 없지만요. 그런데 죽은 뒤에도 머리카락은 자라요.

사노   그래요?

히라이   네, 죽어서 호흡이 멎고 심장이 멈추고 동공이 풀려도 머리카락은 자라요. 그런 세포들은 살아 있는 거지요. 다시 말해 죽은 후에도 몸의 여러 세포들은 살아 있어요. 때문에 사후 24시간은 시신을 안치하도록 되어 있죠. 평범한 사람에게 "사람이 죽는 장면을 몇 번 보았나요?"라고 물으면 봤다는 숫자가 정말 적을 거예요.

사노   요즘은 정말 그래요.

히라이   그래서 어떤 식으로 죽는지를 몰라요. 그러니까 불안해하는 거겠죠. 하지만 뭐, 간단히 저세상으로 갈 수도 있으니 불안해하지 않아도 괜찮습니다.(웃음)

사노   고마워요. 간단히 저세상으로 보내주세요.(웃음) 죽는 건 두렵지 않지만 죽을 때까지의 고통을 상상하면 무서워져요.

히라이   지금은 고통을 줄이는 것도 의사의 역할이지요. 통증은 마약류(모르핀)로 거의 사그라져요. 단, 머리는 몽롱

해집니다.

사노 몽롱해지더라도 이제 곧 죽으니까 상관없잖아요?

히라이 그래서 통증 때문에 참을 수 없이 괴로우면 어쩌나, 하는 걱정은 안 해도 됩니다.

사노 그러네요. H 선생님은 편안히 죽을 수 있도록 해주는 타입이죠?

히라이 아뇨, H 선생님은 유방외과 전문의니까요.

사노 유방외과지만 저는 그 병원 호스피스에 들어갈 예정이에요.

히라이 호스피스로 가면 또 다른 선생으로 바뀌고, 그쪽의 전문가가 진찰할 텐데요.

사노 그래요?

히라이 말이 통하는 의사가 담당할지 아닐지로 편안하게 죽을지 고통스럽게 죽을지가 갈리죠. 약 쓰는 방법에 따라서요.

사노 아, 그렇군요. 좋은 의사 선생님 좀 소개해주실래요?

히라이 하하하. 고통을 제거하는 덴 전문가가 있어요. 나머지는 멘털mental 케어겠지요. 멘털 케어는 임상심리사를 중심으로 의사, 간호사 등이 팀을 짜서 시행해야 하지만 병원 인력이 부족하니 일본에서는 상당히 어렵습니다. 재정적인 지원이 있으면 좋을 텐데요.

사노　　과연 그렇군요.

암을 완치하는 방법은 조기 발견 치료뿐

히라이　　일본인이 죽는 경우, 그 원인은 몇 가지 종류의 병으로 나뉘죠. 지금은 암(악성신생물)이 가장 많고, 그 다음으로는 심장(심근경색, 심부전 등)이나 머리(뇌졸중, 뇌종양 등)겠지요. 그리고 고령자의 폐렴과 자살이 3만 명, 교통사고가 만 명이에요. 대개는 이 중 하나로 죽습니다. 사노 씨는 암이지만 저는 아마도 심장 쪽 문제로 죽게 될 거예요. 제 아버지가 그랬거든요. 가족의 사망 원인을 살펴보면 알 수 있어요.

사노　　암과 심장병 중에 어느 쪽이 더 좋나요?

히라이　　심장이 저세상으로 빨리 갈 수 있으니 좋을지도 모르겠군요. 암으로 죽는 종양 그룹과 심장이나 머리로 죽는 혈관 그룹이 있습니다.

사노　　암은 역시 조기에 발견하는 편이 좋겠네요.

히라이　　그렇죠. 조기에 발견해서 제거하면 낫는데, 이 시기를 놓치면 엄청난 노력과 엄청난 돈, 엄청난 정신적 고통을 맛보게 되니까요. 그러니 빨리 발견해서 신속하게 손을 쓰지 않으면 암은 낫지 않아요. 사노 씨가 암을 인지한 건 언제였나요?

사노 5년 전쯤일까요. 첫 수술이 5년 전이니까…….

히라이 만져보고 알았나요?

사노 네, 그랬죠. 오돌오돌한 멍울이 생긴다고 들었는데, 제 경우에는 떡 같은 게 몸속에 있었고 그 떡이 점점 커졌어요. 우연히 이비인후과에 갔을 때 여선생님이 계셔서 좀 만져봐달라고 했더니 "이건 전문 병원에 가보셔야겠어요"라더군요. 그래서 곧바로 그 옆 병원에 가서 잘라냈어요.

히라이 그건 S 병원은 아니었지요?

사노 S 병원은 아니었어요. 나중에 H 선생님한테 물어보니 "나라면 자르지 않았을 텐데"라더군요. 자르면 수술 자리가 오그라드는 느낌이 들거든요.

히라이 전부 잘라냈나요?

사노 전부 잘랐어요. 가슴이 한쪽 없어졌지요. 그런데 몸은 스스로 균형을 맞추려고 하니까 갈비뼈가 앞으로 튀어나와요.

히라이	보통은 병에 걸리면 솜씨 좋은 의사를 찾지 않나요?
사노	그런 행동은 일절 안 했어요.(웃음)
히라이	의사에 따라서 여러 가지가 상당히 달라졌을 텐데요.
사노	그랬겠지요. 정말로 그랬을 거예요.
히라이	뭐, 치료한 의사가 딱히 나쁘다고는 할 수 없지만요.
사노	아니, 나빴어요. 아마도 잘라내는 것 말고는 방법이 없다고 생각하는 사람이었겠죠.
히라이	저도 유방암 치료에 관해 자세히는 모르지만요.
사노	그럴 때 굉장히 주의 깊게 다방면으로 조사해보기도 하고 다른 의사의 의견을 들어보기도 하는 사람이 있잖아요. 전 그런 행동은 전혀 안 했어요. 뭐, 어쩔 수 없죠. 성질머리는 고쳐지지 않으니까요. 뭐든지 편할 대로 생각하는 제 삶의 방식이 죽는 방식까지 이어지네요.(웃음)
히라이	그나저나 암 부위가 좀 컸던 모양이네요. 알아차린 시기가 늦었던 것 같아요.
사노	네.
히라이	암은 조기 발견을 통해서만 완치할 수 있어요. 지금 일본에서 가장 믿을 만한 검진은 국립암센터중앙병원의 검진 센터에서 이루어집니다. 20만 엔으로 각 분야의

암 전문의가 머리부터 발끝까지 전부 검사해주지요.

사노 그래요?

히라이 암은 대개 1기, 2기, 3기, 4기로 나뉩니다. 1기는 장기 안에 있는 작은 암인데, 정밀한 검진을 받으면 알 수 있고 제거하면 나아요. 2기 때는 2, 3센티미터 정도 되는 암이 발견되는데, 이때도 암은 장기 속에 있어요. 의사도 치료 가능성이 있다는 마음으로 의욕을 다집니다. 3기는 이미 암이 장기 바깥쪽으로 번져서 완치가 어렵습니다. 4기는 원격 전이를 일으켜 뇌 등으로 번진 경우로, 치료도 최종 단계에 들어가지요. 사노 씨의 경우에는 뇌 안쪽이 아닌 뼈와 뇌막으로 전이되어서 뇌 속으로 들어가지는 않았어요.

사노 감마나이프로 잘라낸 건 뇌가 아니었나요?

히라이 뇌가 아니라 뇌를 감싸고 있는 경막과 뼈였어요. 뇌로 전이되면 대개 1년 동안 살아 있을 확률이 3분의 1인데, 사노 씨의 경우에는…….

사노 뇌가 아닌가요?

히라이 유감스럽게도 아니에요.(웃음) 그러니까 죽을 의욕에 불타고 계셔도 쉽게 죽지 않아요. 아니, 오히려 그래서 걱정이네요.(웃음)

사노   아아, 전 뇌까지 암이 전이된 줄로만 알았어요.

히라이   그렇지 않아요.

사노   전 그런 줄 알고, 수술한 다음에 머리가 엄청 나빠졌다
          고 쭉 생각했는데요.

히라이   그건 오해예요. 요즘 활동성이 떨어졌지요? 넙다리뼈
          골반과 무릎 사이의 뼈로 전이되어서 그렇습니다. 하지만 유
          방암으로 죽는 경우에는 폐나 간으로 전이되는 식으
          로 병세가 악화되니까…….

사노   그건 괴로울 것 같네요.

히라이   가령 간으로 전이되면 간 기능 상실을 일으켜서 의식
          이 흐려집니다. 뼈로 전이된 암이 심해지면 골수로 번
          져서 혈액 관련 문제를 일으키지요.

사노   골수로 전이되면 아프나요?

히라이   아파요.

사노   전 뼈까지 전이되었어요.

히라이   맞습니다. 그건 방사선치료를 받으면 통증이 사라지죠.
          어떠세요?

사노   사라졌어요.

히라이   통증은 사그라져도 암은 낫지 않습니다. 그리고 사노
          씨가 죽을 의욕에 가득 차 있어도, 유방암으로는 그렇

게 간단히 저세상에 가지 않아요.

무엇보다도 목숨이 소중하다는 건 이상하다

사노　　요즘 사람들은 지나치게 오래 살아요. 일본은 경제든 뭐든 큰일이군요.

히라이　　맞습니다.

사노　　게다가 쓸데없어요. 누운 채 100살 이상 살기도 하죠.

히라이　　그렇게 솔직히 말해주는 사람은 별로 없지요.(웃음) 그런 말을 하는 사람은 사노 씨 정도밖에 없으니까요.

사노　　저는 죽음에 대한 스트레스가 없어서 비교적 건강한 편이에요. 죽기 싫다거나 좀 더 오래 살고 싶었다면 좀 달랐을 테지요.

히라이　　그래도 죽는 건 암이 좋다, 머리 쪽 질병은 힘들다고 생각하시죠?

사노　　네.

히라이　　뇌졸중이 가장 곤란해요. 어느 날 갑자기 픽 쓰러져서 어버버하게 되지요. 그리고 죽지 않아요. 병세가 심한 경우 본인이 뭘 하고 싶은지, 어떻게 하고 싶은지도 전혀 모릅니다. 가족들도 "선생님, 적당히 해주세요"라고는 못해요. 그러니 의사도 "어떻게 할까요?"라는 식으로 3년, 5년, 10년씩 가는 거죠.

사노 역시 뇌졸중은 싫군요. 잘 생각해보니 암은 정말로 좋은 병이에요.

히라이 정말로 그래요. 뇌졸중도 예방이 중요하니 뇌독크brain dock, 뇌 건강검진는 꼭 받는 편이 좋아요. 우리 시즈오카현 후지에다 시 병원에도 요양 병동이 있는데, 거기엔 중증 뇌졸중으로 쓰러져 못 일어나는 사람들, 위를 잘라 튜브를 삽입해서 영양을 공급해줘야만 하는 사람들이 있어요. 이 사람들을 법률적·윤리적으로 어떻게 다룰지는 꽤나 어려운 문제예요.

사노 '살아 있다는 건 무엇인가'라는 문제죠?

히라이 그렇죠.

사노 단지 숨을 쉬기만 하면 좋은 걸까요. 인생의 질이라는 문제도 있잖아요. 무엇보다도 목숨이 소중하다는 건 이상해요.

히라이 이상하죠.

사노 선생님도 그렇게 생각하세요?

히라이 네, 그렇게 생각해요.

사노 기뻐요!

히라이 의사는 정말로 그렇게 생각한답니다.

사노 그래요? 저는 본인도 의사도 가족들도 목숨을 연장시키길 바라는 게 당연한 줄 알았어요.

히라이 인생의 질이나 사생관에 대해서도 개개인의 연령이나 성별에 따라 상당한 차이를 보입니다.

사노 저는 이혼을 했는데요. 애 아빠가 암에 걸리고, 저도 암에 걸려서 부부가 동시에 암에 걸리게 됐어요. 그런데 아들이 "남자랑 여자는 완전히 달라"라고 하더군요. 저는 정말로 태연하고 건강하게 지내거든요. 죽는 것도 두렵지 않고. 그랬더니 아들이 "아빠는 끙끙 앓아서 못쓰겠어. 남자는 안 되겠군"이라더군요. 애 아빠는 얼마 전에 저세상으로 갔는데요. 의사한테 "이젠 손쓸 도리가 없다"라는 말을 듣고는 그 시점부터 걸음을 못 걸었대요.

히라이 암이 뇌로 전이되는 건 최종 단계인데, 남성이라도 사람에 따라서 반응이 제각각이에요. 개중에는 훌륭히 죽는 사람도 있고요. 예순여덟 살의 변호사가 폐암에 걸렸는데, 머리로 전이돼서 감마나이프 치료를 받으려고 저한테 온 적이 있어요. "전 이제 1년이나 1년 정도밖에 못 살지만, 처리해야 할 안건이 다섯 개나 있어요. 모두 불쌍한 사람이라서 어떻게든 해결한 다음에 죽고 싶어요"라고 하더군요. 감마나이프 치료를 총 다섯 번 했는데요, 그러는 와중에도 남을 위해 열심히 일하다가 1년 8개월쯤 지난 후에 돌아가셨어요. 이런 분도 계시는 거죠. 모두들 본받으면 좋겠지만 안 되는 사람은 어쩔 수 없어요.

사노   저는 집에서, 눈앞에서 네 명이 죽는 걸 봤어요.

히라이   형제분이 세 분 돌아가시고······.

사노   네, 아버지 때도 집에서 임종을 지켜보았는데요. 훌륭하게 돌아가셨어요.

히라이   최고 학부 출신의 엘리트셨으니까요.

사노   아버지 외에 훌륭히 돌아가셨다는 생각이 드는 분은 배우 기시다 교코 씨예요. 그분은 암이 뇌로 전이돼서 1년 반 정도 몸을 움직일 수 없었지요. 그전의 1년도 누운 채 지냈지만, 그 후의 1년은 의식이 없어서 마치 깊이 잠든 것 같았어요. 그분은 그런 분이셨죠. 아무런 동요 없이 조용히 자다가 제가 가면 생긋 웃었고, 그 모습 그대로 저세상으로 갔어요. 그렇게 훌륭히 죽은 사람, 아름다운 죽음은 본 적이 없어요. 주검이 된 후에도 예뻤죠. 역시 마음가짐의 차이일까요.

히라이 마음가짐은 중요하죠. 무사도 정신을 가진 분이셨군요.

사노 앗, 무사도인가요?

히라이 요즘의 일본은 죽음에 대해 별로 생각하지 않아도 되는 사회가 되어버렸지요.

사노 그래서 죽는 게 나쁜 일인 양 여기죠.

히라이 맞습니다. 60년 전에는 소집영장을 받으면 전쟁터로 나갔어요. 가족들도 아이들도 죽음에 대해 진지하게 생각했죠. 그런데 지금은 죽음에 대해 전혀 생각하지 않아요. 그러다가 암에 걸려 갑자기 "1년 남았어요"라는 시한부 선고를 받으니 깜짝 놀라 허둥지둥할 수밖에요. 죽음을 둘러싼 철학적 문제도 여러 가지만 '데스에듀케이션죽음 준비기 교육'을 어릴 적부터 받는 게 중요하다죠. 이를테면 동물이 죽었을 때 '죽음이란 뭐지?'라고 생각하는 것처럼요.

사노 하지만 지금은 죽음을 숨기죠.

히라이 네, 터부로 여기는 겁니다. 특별한 이유라도 있을까요.

사노 저는 가장 나쁜 건 전후 민주주의라고 생각해요. 남 앞에서는 다들 위선자가 되는 느낌이라니까요.

히라이 맞아요, 그런 느낌이 들죠.

사노 저는 전쟁 전부터 지금까지 줄곧 살아왔는데, 전에 비해 사람들이 몹시 위선적으로 변한 듯해요.

히라이 사노 씨처럼 생각을 거침없이 내뱉는 분이 없어졌지요.

사노 저, 그렇게 거침없이 내뱉진 않는다고요.(웃음)

히라이 모범 답안이라는 게 있잖아요.

사노 모두들 모범 답안을 말하죠.

히라이 그런가요?

사노 어째서 그럴까요. 인간은 위선을 떨기 쉬운 존재라서? 아니면 좋은 사람으로 보이고 싶어서?

히라이 그것도 교육 문제로 이어지죠. 우리 세대 대부분이 미숙한 전후 민주주의(지나친 개인주의) 속에서 어리광부리며 자란 거예요.

사노 몇 년생이세요?

히라이 쇼와 23년1948년입니다.

사노 베이비붐 세대로군요.

히라이 베이비붐 세대라서 힘들어요. 메이지 시대1868~1912년에 태어난 아버지(내과 의사)한테 "넌 제멋대로다, 버릇없고 방자해"라는 말을 들으며 자랐어요. 여러 의미로 비난받는 데 익숙하지요.

저, 점점 멍청해지죠?

히라이   사노 씨는 머리 치료 후에 뭔가 변화가 있었나요?

사노   감마나이프 치료를 받은 다음 부작용이 엄청났어요. 원자폭탄이 떨어져서 머리가 터진 느낌이었죠. 누군가가 제 머릿속을 전부 휘저어놓은 듯했어요. 괴로워서 몇 번이나 몸부림을 쳤는지 몰라요. 고통은 지나고 나면 잊히지만요.

히라이   그건 감마나이프 치료가 아니라 마취 탓일 거예요.

사노   그래요?

히라이   감마나이프는 방사선치료라서 효과도 부작용도 곧바로 나타나지 않거든요.

사노   이름이 무서워요, 감마나이프라니.(웃음)

히라이   레이저메스라는 것도 있죠. 레이저를 메스처럼 쓰는 거예요. 마찬가지로 감마나이프는 감마선을 이용한 메스지요.

사노   전 바보가 되었어요. 저 같은 병에 걸리면 점점 멍청해지는 거죠?

히라이   그렇지 않아요. 기분 탓이에요.

사노   하지만 암이 점점 진행될 거고, 그 진행이 뇌에도 영향을 끼칠 것 같은데요.

히라이 암은 스스로 여러 물질을 만들어요. 생체의 면역 기구
나 항암제 등으로부터 공격을 받기 때문인 듯합니다.
'그렇게 나오면 이렇게 나가야지'라는 식이죠. 암이 만
든 물질은 인체에 독이에요. 독을 매일 주입하는 상태나
마찬가지니 암이 진행되면 종양이 커지는 것보다 여러
가지 물질이 생성되어서 인체가 약해지는 거죠. 식욕이
없어지고 여위어서 말기의 상황에 이르게 됩니다. 아직
우리는 그 독성 물질에 대해 충분히 알지 못해요.

사노 그래요? 저는 처음에 선생님이 제 뇌 사진을 보고 "이
건 사노 씨 사진이 아닌 것 같군요"라고 할 정도로 상
태가 좋았던 것 같은데요.

히라이 종양은 컸어요. 그래서 한 번의 감마나이프 치료로는
무리일 거라고 생각해서 두 번 하자는 얘기를 한 거죠.

사노 하지만 그걸로 깨끗하게 떨어졌죠.

히라이 네, 지금은 없어졌어요. 사노 씨는 병 상태에 대해 이것
저것 말씀드려도 별로 동요하지 않으셨지요. 작가라는
직업 때문인지 '인생이란, 나 자신이란 무엇인가? 죽음
이란 무엇인가?' 등에 대해 스스로 잘 정리해둔 덕분
이겠죠. '인생이란 무엇인가?'에 대한 사고방식도 연령

과 성별에 따른 개인차가 있습니다. 가장 놀라운 건, 외래로 환자들을 진료하다가 여든이 넘은 할머님께 약을 드리면 "선생님, 이 약 평생 먹어야 하나요?"라는 질문을 받는다는 것입니다. 이런 분은 인생에 대해 어떻게 생각하고 있을지 몰라서 난처해져요. 그럴 때면 "뭐, 먹는 편이 좋겠죠"라고 대답하긴 하지요. 또 남자와 여자의 차이도 큽니다. 흥미로워요.

사노 누구든 그 나이대가 되어보지 않으면 모르는 거니까요. 100살 가까이 먹은 사람이 어디에선가 돈을 받았는데, 뭐 할 거냐고 물었더니 "모았다가 노후를 대비해야죠"라고 했대요.(웃음)

쉰 살까지는 유전자가 생존·생식 모드로 프로그래밍되어 있다

히라이 생물학의 입장에서 보면 종족 보존은 생물의 가장 큰 존재 목적입니다. 그래서 종족 보존을 위해서라면 유전자는 무엇이든 하는 거죠. 연어는 강을 몇백 킬로미터나 거슬러 올라가고, 그 과정에서 상처를 입어도 저절로 나아요. 산란이 끝날 때까지는 어딘가 부서져도 유전자 프로그램이 고쳐주기 때문이죠. 그리고 자식을 낳습니다. 산란이 끝나면 '네, 수고하셨습니다' 하고 유전자 프로그램이 딱 끊겨 없어집니다. 그런 다음 픽 하고 죽는 거죠. 인간도 유전자가 제대로 힘을 발휘해주는 시기는 쉰 살에서 쉰다섯 살 정도까지예요.

사노   그 뒤로는 쓸모없다는 거군요.(웃음)

히라이   쓸모없달까. 무슨 일이 일어나느냐면, 요컨대 쉰다섯 이후로는 개인차가 굉장히 크게 벌어집니다. 생활 습관에 따라 상태가 좋은 사람은 건강하지만, 그렇지 않은 사람은 점점 나빠져요. 쉰 살까지는 유전자가 생존·생식 모드로 프로그래밍되어 있어서 대부분의 사람들은 평등하게 건강히 일을 할 수 있는 거죠.

사노   맞아요. 노인의 개인차는 정말로 크죠.

히라이   진짜 커요. 그래서 쉰다섯 살 이후 종족 보존이 끝나면 사회적으로는 세상을 위해서, 또 남들을 위해서 필요한 존재일지언정 생물학적으로는 필요 없는 존재가 됩니다.

사노   결국 어떤 동물이든 태어나서 생식하고 죽는 게 다잖아요? 그 사이에 다른 일도 하는 건 인간뿐이죠.

히라이   인간의 뇌 발달과 관계있는 것 같아요. 특히 대뇌피질의 발달에 따라 본능의 상위에 있는 정동뇌情動腦에서 대뇌피질로 정보가 흘러들어 가고 식욕과 성욕 등 근원적인 본능 이외에 지식욕, 창조욕 등 고차원적인 욕구가 본능적으로 발현되도록 시스템이 짜여 있기 때문에 사람은 다양한 활동을 하는 거지요. 다만 대뇌피질에 의한 활동으로도 동물적 본능인 식욕이나 성욕 등을 컨트롤하지는 못해요. 그래서 성직자나 신부, 스님이 식욕이나 성욕을 완전히 억누르고 살아갈 수 있다는 점이 의문입니다. 무리가 아닐까 하는 생각이 들죠.

사노 성욕과 싸우면서 나이프로 그곳을 자르는 사람도 있잖아요.

히라이 그건 완전한 역행입니다. 유전자의 속박은 벗어날 수 없어요.

사노 인간 개인의 힘으로는 어찌할 수 없는 일이죠.

히라이 그래요. 유전자에 지배당해서 쉰다섯이 넘으면 육체적·정신적인 욕망도 쇠퇴합니다. 하지만 현대인은 '활동할 수 있는 인생이 짧다'라는 사실을 의외로 자각하지 못하고 있어요. 제가 걱정하는 건 젊은이들이 결혼을 하지 않는 현상입니다.

사노 그렇군요.

히라이   사람의 일생을 생물학적으로 살펴보면, 출생하고 성장
         하고 자아를 확립하고 생식에 힘써 아이를 낳고 기르
         지요. 고생해서 자식을 길러낸 다음 겨우 좀 편해지면
         자신의 부모가 쇠약해지죠. 그게 끝나면 이번에는 자
         기 차례가 돌아와요. 보통은 이렇게 잘 순환되도록 신
         (자연)이 만들어놓은 겁니다. 그래서 여성도 대부분 20
         대쯤 결혼해서 아이를 낳지 않으면 생물학적 회전이
         잘 일어나지 않습니다. 게다가 병에 걸리기 쉬워지죠.
         신(자연)의 섭리에 역행하는 셈이니 여러 가지 문제가
         생겨요.

사노   결혼하지 않는 건, 세상이 좋아져서 결혼을 안 해도 괜
         찮아졌기 때문이에요.

히라이   그렇게 된 건 인간이 생물학적 규칙을 잊어버리고 규칙
         으로부터 벗어나고 있어서죠.

사노   맞아요. 인간도 동물이라는 사실이 잊히고 있어요.

히라이   1000년이나 2000년으로 유전자의 기본 구조가 바뀔
         리 없으니, 현대인의 생활은 생물학적 규칙과는 정반대
         로 흘러가고 있는 셈입니다. 하지만 돌이킬 수는 없겠
         죠. 생물로서 자연의 섭리에 맞춰 열심히 살고 죽는 것
         이 인간으로서도 가장 행복한 일이라고 만족할 줄 알

아야 합니다. 자연의 섭리를 거스르면서까지 분투하는
게 과연 괜찮을까 싶어요.

사노 저는 투병기가 딱 질색이에요. 그리고 싸우는 것도 싫
어요. '장렬한 싸움 따윈 그만둬, 얼른 죽어'라는 느낌
이 들어요.(웃음)

히라이 나이에 따라서도 달라지겠지요. 유방암의 전이로 인한
뇌종양 환자 중에는 40대가 굉장히 많아요. 그래서 자
식도 아직 어리죠. 그런 사람에게 "앞으로 몇 개월 남
았다"라고 말하면, 남편 생각은 별로 안 하더라도 자식
은 걱정하죠. 역시 어린 자식을 두고는…….

사노 그도 그럴 것이, 남편은 타인이지만 자식은 피붙이잖아
요.(웃음)

히라이 10개월 동안 배 속에서 일심동체로 지내다가 출산한
다음에도 한 살 두 살, 계속해서 길러나가니까요. 생물
학적으로 말하자면 굉장한 일이죠.

사노 저는 자식도 낳았고 일도 있고 집안일도 하고 있어요.
그래도 출산과 육아에 비하면 일이 가장 편한 것 같아
요. 하지만 남자는 자식을 낳지 않죠.

히라이 낳지 못하죠.

사노 얼마나 아픈데요. 배에서 나올 때부터 고역이라고요.

게다가 기르는 것도 큰일이죠. 육아가 가장 힘들어요.

히라이   그건 낳아보지 않으면 모르겠네요. 커리어우먼 중 결혼 하지 않는 사람이 늘고 있는데, 과연 좋은 현상일지 잘 모르겠어요.

사노   그런 사람은 나이를 먹으면 후회할 거예요.

히라이   여성의 정신과 육체는 아이를 낳고 기름으로써 절대 적인 축복을 받도록 만들어져 있으니까요. 출산과 양 육 없이는 인생의 가장 좋은 부분을 경험하지 못합니 다. 완전히 생물학적인 부분으로부터 벗어나게 되는 거 니까요. 남자의 경우, 대개는 만 년 전의 역할도 자식을 만들고 그 자식이 클 때까지 먹이를 운반해오는 거였 죠. 역할이 끝나면 연어처럼 미련 없이 죽어 없어집니 다. 반면에 여성은 대단한 존재예요. 아이를 위해서라 면 뭐든 하니까요. 남자는 여차하면 자식을 버릴 수 있 어요. 자식이 말을 듣지 않으면 의절하기도 하죠. 그러 나 여자는 자식이 아무리 죄를 범해도, 살인자가 되더 라도 절대로 버리지 않아요.

사노   저도 동감이에요.

히라이   그게 신(자연)이 부여한 여성의 천성이겠지요.

나 자신은 뇌의 신경회로 속에 있다

사노 히라이 선생님은 왜 신경외과로 가셨나요?

히라이 인간이란 무엇인지에 대해 굉장히 흥미가 많았어요. 인간이란 무엇인지를 고찰하는 건, 다시 말해 뇌란 무엇인지를 고찰하는 일입니다. 뇌 자체를 실제로 조작할 수 있는 과는 아무래도 신경외과가 아닐까 했지요. 그런데 사노 씨는 '나 자신'이 몸의 어느 부위에 있는지 아시나요? 양쪽 눈을 뽑아도 자신은 자신이죠. 양팔과 다리가 없어도, 위나 장이 없어도, 심장을 이식받더라도 자신은 자신이잖아요? 하지만 치매 같은 병 때문에 뇌가 고장 나면 자기 자신이 없어지니까, 결국 나 자신은 뇌 속에 있는 겁니다. 뇌에서도 소뇌에는 자신이 없어요. 소뇌가 없으면 몸은 못 움직일지언정 살아서 자신을 유지할 수는 있습니다. 뇌간을 모조리 들어내면 호흡이 불가능해져서 생명을 잃지만, 인공호흡기를 쓰면 살 수 있고 또 자기 자신도 없어지지 않지요. 뇌간에는 호흡중추를 비롯한 생명 유지 장치가 있어서 동물의 생명을 유지시킵니다. 즉 생사에 관련된 부분이라고 할 수 있지요. 결국 '나 자신'은 인간의 몸 중 가장 발달한 대뇌피질의, 엄청나게 복잡한 신경회로 속에 존재합니다. 이곳이 고장 나면 치매나 식물인간 상태가 되어 자기 자신이 없어져요.

사노 그러면 마음도 머리에 있나요?

히라이 유뇌론唯腦論 인간의 모든 활동을 뇌의 법칙성을 통해 분석함의 입장에서 말하자면, 대뇌피질의 매우 복잡한 신경회로 속에 마음이 있습니다.

사노 하지만 마음은 가슴 부근에 있을 것만 같지 않아요?

히라이 인간에게는 거대한 컴퓨터인 대뇌(자아가 머무르는 장소)가 있습니다. 이곳에서 여러 가지 생각을 하지요. 그런데 자기 자신의 힘으로는 생명 유지나 체온조절은 전혀 할 수 없어요. 심장을 빠르게 뛰게 할 수 있나요? 체온을 높이거나 혈압을 조절하고, 장을 움직이거나 머리카락과 손톱을 기르는 일은 대체 누가 하는 걸까요? 당신 자신의 명령으로 하는 일이 아닙니다.

사노 그럼 누가 하나요?

히라이 뇌간이나 간뇌, 그 주변의 뇌가 하는 일이지요. 동물과 완전히 똑같습니다. 그러므로 대뇌피질(나 자신)이 아무리 고심해서 무언가를 하려 해봤자 신체를 조절할 수는 없어요. 뇌의 시스템을 관찰해보면 자기 자신과 신체는 별개라는 사실을 알 수 있어요. 당신 자신은 대뇌의 회로 속에 있지만, 신체는 이것과 별개로 지구 40억 년의 역사 속에서 태어난 60조 개의 세포로 이루어진 유기물의 집합입니다. 즉 당신 자신과는 별개의 것이죠. 당신은 신체를 빌리고 있을 뿐이에요. 그러므로 산소 호흡에 따라 신체는 서서히 산화되어 낡고 쇠약해진 끝에, 죽을 때가 되면 몸을 지구에게 돌려줍니다. 대뇌 컴퓨터의 스위치가 딸깍, 하고 꺼지면서 끝……. 그 전에 자신의 대뇌에 저장된 지식을 언어로 자손에게 전하려는 노력이 필요합니다. 또 자식을 남겨서 선조로부터 이어받은 DNA를 횃불처럼 이어주어야 하지요. 이런 식으로 생각하면, 자신이 죽더라도 DNA는 이미 자손에게로 이어져 있고 대뇌에 저장된 지식도 자손에게 계승되므로, 자신은 소멸되지 않으며 죽음으로 인해 모든 것이 없어지지도 않게 됩니다.

나도 훌륭하게 죽고 싶다

사노　선생님은 언제쯤 죽고 싶으세요?

히라이 지금은 병원 경영으로 악전고투하고 있어요. 아직 병원이 안정적이지 않아서, 일흔 정도까지는 병원 시스템을 안정시켜서 누가 경영해도 괜찮은 상태로 만들고 싶어요. 만약에 예순다섯쯤 그 일이 완성된다면, 은퇴해서 하고 싶은 걸 10년 정도 할 수 있었으면 해요. 특히 생물학적 인생론, 생물학적 경제론 같은 발상으로 인간 사회를 재조명해보고 싶습니다. 그쯤 되면 육체도 쇠약해지고 대뇌의 기능도 유지할 수 없을 테니 삶의 한계겠지요. 저는 죽어가는 사람을 많이 봐왔기 때문에 '좋아, 나는 훌륭하게 죽자'라고 결심했습니다. 뜻을 세워서 후회하지 않고 깨끗하게 죽고 싶어요. 이른바 무사도 정신이죠.

사노 그건 허영일까요? 저도 훌륭하게 죽고 싶어요. 훌륭하게 죽고 싶다는 건 뭘까요. 아마 사람마다 제각각 다르겠지요.

히라이 역시 개개인의 도덕관에서 비롯된 가치관에 따라 달라지겠지요.

사노 저는 어쩐지 허영 같아요.

히라이 뭐, 그럴지도 모르지요. 그래도 한심한 모습은 그다지 보이고 싶지 않으니까요.

사노	옛날에는 "생명에 집착하는 게 가장 추하다"라는 무사의 체면이 있었지요. 그런데 요즘은 그런 것도 없죠?
히라이	그렇죠.
사노	돈과 목숨에는 집착하지 않는 게 좋을 듯해요.(웃음)
히라이	확실히 사노 씨 말씀 같은 삶의 방식을 보노라면 여든, 아흔이 되도록 사는 것도 좀……. 하지만 역시 죽음에 대한 공포가 강한 걸까요? 혹시 무서운 곳으로 가지 않을까, 하는.
사노	죽음을 긍정적으로 여기지는 않게 되었지요. 전쟁도 있었고요. 저는 잘 모르지만요. 그래서 죽음을 직시하지 않는 경향이 생긴 게 아닐까요. 게다가 "목숨은 귀한 것이다. 지구보다 중하다"라는 말도 하잖아요. 사실은 지구보다 중할 리가 없죠.
히라이	맞아요.(웃음) 그래도 의사나 간호사에게는 그런 식으로 가르치지 않으면 위험하겠지요. 게다가 국민건강보험 제도 덕분에 의료 서비스를 받는 데도 돈이 별로 들지 않고 복지도 그럭저럭 갖추어져 있으니까 모두들 오래 살고 싶어 하는 거예요.

자신의 죽음은 스스로 해결할 수밖에 없다

사노 의사는 사람의 죽음에 익숙해지나요?

히라이 2.5인칭에 머물러 있습니다. 가족의 경우와 다르게 비
탄을 지켜보긴 해도 2인칭이 되지는 못해요. 그리고 일
과 죽음을 구분해야만 하고요. 그래도 아이들의 죽음
은 역시 싫어요. 유방암에 걸린 젊은 여성의 죽음도요.

사노 빨리 죽고 싶어 하는 사람이 좀체 죽지 않기도 하죠.

히라이 의사한테 가장 괴로운 일은 하루 종일 환자를 돌보지
못하는 거예요. 사실은 환자를 돌봐주고 싶지만 그럴
시간과 체력이 없기도 하고요. 호스피스라도 하루 종
일은 붙어 있을 수 없으니까요.

사노 그럼 죽을 때 의사가 봐주지 못하는 건가요?

히라이 아뇨, 보긴 하지만 괴로울 때 반드시 의사가 온다고는
할 수 없습니다. 따라서 그럴 땐 환자가 스스로 죽음에
대해 생각해볼 수밖에 없지요.

사노 사람마다 다르겠지요.

히라이 의사의 입장에 따라 의료도 다르고, 또 의사의 연령에
따라서도 다르죠. 정말로 천차만별이에요. 20대, 30대
의사의 의료는 의사 자신이 중심이기 쉽습니다. 40대

가 되면 가족도 있고 아이들도 컸으니, 세상일이 마음 대로 되지 않는다는 사실을 아니까 환자의 입장도 이해할 수 있게 되지요. 50대가 되면 부모님도 늙고 자신의 체력도 떨어져서 노인들의 기분까지 이해할 수 있게 됩니다. 환자와도 좋은 관계를 유지할 수 있지요. 그래서 의사가 보는 죽음은 의사의 입장이나 연령에 따라서도 달라집니다.

사노 '2.5인칭'이라는 단어만으로도 잘 알겠어요.

히라이 사노 씨는 어떻게 생각하시나요?

사노 자신의 죽음은 1인칭이잖아요. 그렇죠? '나'의 일이지 '당신'의 일이 아니니까요.

히라이 그렇습니다. 게다가 자신의 죽음에 대해서는 아무도 몰라요. 저세상에 갔다가 돌아온 사람이 있어서 "제 경험은 이랬습니다"라고 말해주면 좋겠지만요. 본인의 죽음을 설명해줄 사람이 없어요. 그러니 스스로 해결할 수밖에 없지요. 저마다 여러 가지 생각이 있을 테니까 그에 따르는 식으로요. 환자가 죽음에 대한 생각을 가지고 있는 경우라면, 의사로서도 어떻게 대처하면 좋을지 알 수 있으니까요.

사노 하지만 자신의 죽음에 대해 생각해본다 하더라도, 생각하는 동안은 살아 있잖아요.

히라이 맞아요. 죽을 때에야 죽음의 문제도 끝나게 되지요. 사후에 어떻게 될지는 생각하지 않는 편이 좋아요.

사노 자신이 태어나기 전의 일은 생각하지 않잖아요. 아마 죽은 다음에는 태어나기 전에 있던 장소로 돌아가는 게 아닐까요?

히라이 아니, 그건 모릅니다.

사노 생명이 발생하기 전의 일은 모르잖아요?

히라이 그래서 불교에서는 고심 끝에 윤회라는 걸 생각해냈죠. 그것도 일종의 발견이에요.

사노 그렇군요.

히라이 어차피 다시 태어나니까, 죽은 뒤 어떻게 될지 별로 생각하지 않는다.

사노 생각해봤자 분명 거기엔 아무것도 없을 테니까.

히라이 없지요. 죽은 후 어떻게 될지 생각하지 않는 게 가장 좋은 해결책이에요. 그냥 죽는 거죠. "염불을 외면 극락 정토에 갈 수 있다"라는 가르침이 있는데, 염불을 외면 잡념이 없어져요. "이것만 믿어! 생각하지 마!" 하는 식이죠. 생각하면 번뇌가 생겨요. 그래서 염불에 집중시키는 거죠.

사노   염불은 그렇죠.

히라이   따라서 죽은 뒤 어떻게 될지 생각하지 않아야 해요. 생각해봤자 답이 나오지 않으니까요. 생각하고 고민해봤자 뾰족한 수가 없어요. 생각하면 번뇌가 생겨요. 그래서 생각을 하지 않아야 합니다. 죽은 후의 일은 몰라도 괜찮아요.

사노   그래도 엄청난 곤경에 빠졌을 때 "신이시여, 도와주세요" 하고 빌고 싶어질 때도 있죠. 그때는 그때대로, 편한 대로 하면 될 것 같네요.

히라이   기도는 본인의 기분을 정리하는 데 도움이 될 듯합니다. 스스로 위기감을 느낀다는 증거이기도 하고, 기도를 하면 이루어지는 경우도 있으니 좋은 거겠죠. 옛날 사람들은 인간에게 위험을 감지하는 능력이 있다는 사실을 잘 알고 있었어요. 하지만 지금은 그런 능력이 부정됩니다. 학교에서 "과학적으로 증명된 것 이외에는 믿지 말라"고 가르치기 때문이죠. 터무니없는 얘기예요. 미지의 영역부터 시작해서 조금씩 알아가는 게 과학인데. 지금도 모르는 부분이 많으니까 '왜?'라는 질문을 소중히 여겨야죠.

사노   정말로 그래요.

히라이	그래서 그 부분을 교육으로 해결해나가야만 합니다. 예로부터 내려온 전통이나 관습에는 의미가 있기 마련이죠. Biological adaptation, 즉 생물학적 적응으로 몇천 년이나 반복해온 일 속에는 상상도 할 수 없는 진리가 숨겨져 있을 테니까요.
사노	지혜와 지식은 다르지요.
히라이	다르죠.
사노	아폴로호에 탄 과학자 세 사람은 우주에서 지구를 본 순간 모두 종교를 가졌다고 하죠. 인간은 자신의 지식을 뛰어넘는 광경을 보면 묘한 방식으로 순화純化되나 봐요.

아들은 마지막 인사까지 생각해둔 듯해요

사노	저는 이제 정말로 아무 걱정이 없어요.
히라이	무덤은 어떻게 하시나요?
사노	이미 사두었어요. 세타가야의 절에서 묘지를 샀지요. 그런데 무덤은 50년만 빌리기로 했어요.
히라이	무슨 종파예요?

113

사노   조동종曹洞宗이었던 것 같아요.

히라이   저도 집이 조동종이에요.

사노   그래요? 묘지는 샀는데 묘석이 비싸더라고요. 검은색
이 가장 비싸니까 조심하세요.(웃음) 묘석 디자인은 아
직 안 했어요.

히라이   그럼 무덤 준비는 거의 끝났군요. 장례식은요?

사노   제가 장례식은 하지 말고 가족끼리 치르는 밀장密葬으
로 해달랬더니 아들이 "그런 걸 하면 사람들이 집으로
줄줄이 찾아오니까 민폐야"라더군요.

히라이   그건 맞는 말이에요.

사노   정말로 그렇다죠!

히라이   요즘은 둘만의 결혼식을 올리는 사람들도 있지만, 그러
면 식을 치른 다음이 힘들어요. 동료나 선배, 친척 들한
테 인사하러 다니는 게 큰일이지요. 결혼식도 역시 옛
사람들의 지혜가 아닐까요. 결혼식을 하면 단번에 끝
나잖아요. 모두가 만족하니까 치르면 좋죠. 장례식도
결혼식과 마찬가지로 제대로 치러야만 해요. 한 번에
끝나니까요.

사노   장례식이란 건 역시 합리적이네요.

히라이   그렇죠. 그래서 장의위원장은 아드님이 하시고요.

사노   아들은 마지막 인사까지 생각해둔 듯해요.(웃음)

히라이   하하하하. 장례식의 방법도 가지가지죠. 죽기 전에 "와
        주셔서 감사합니다"라는 말을 녹음했다가 트는 사람도
        있으니까요.

사노   그럼 죽었다는 실감이 안 나잖아요.(웃음) 장례식은 죽
        음을 실감시키는 의식이죠. 모두들 '그 사람은 죽었구
        나' 하고 납득하기 위해 치르는 거잖아요?

히라이   그래서 식을 치르는 방법에도 여러 가지가 있죠. 거꾸
        로 말하자면 죽은 자신이 아니라 주위 사람들을 위한
        의식이니 모두가 즐길 수 있다면 좋지 않을까요. 사노
        씨는 장례 관련 준비가 충분히 되어 있는 것 같네요.

사노   장례도 관습을 따르는 게 가장 합리적인 듯해요.

히라이   확실히 그렇죠.

사노   제 전전남편은 "내가 죽으면 아드리아 해에 뼈를 뿌려
        줘"라는 소리를 하는 바보였어요. "비행기 표는 누가
        사는데?"라고 말해버렸죠. 바다에 뿌리면 뼈 입장에서
        도 안정이 안 될 것 같고요.

히라이   그럼 "내게는 이러저러한 비밀이 있으니까, 내가 죽고
        20년 뒤에 발표해달라" 같은 건 있나요?

사노   그런 건 아무것도 없어요.

히라이   사노 씨는 준비가 다 되어 있으니 의사로서도 무척 안심됩니다.

사노   그러고 보니 엘리자베스 퀴블러 로스라는 사람이 『죽음과 죽어감On Death and Dying』이라는 책에서 죽음에 이르기까지 다섯 단계가 있다고 썼는데, 저는 아무 단계에도 해당되지 않아요.

히라이   하하하하.

사노   부정 → 분노 → 협상 → 우울 그리고 마지막으로 수용이었는데, 그런 단계가 제게는 하나도 들어맞지 않더라고요.

히라이   그건 사노 씨의 직업이 작가이기 때문 아닐까요. 많은 책을 읽고 다양한 것들을 생각하시니까요. 결국 인간학이죠. 여러 가지를 제대로 생각하며 지내온 사람은 확실한 사생관을 가지고 있는 경우가 많아요. 그렇지 않은 사람은 멘털 케어가 힘들죠. 인생이란 이런 거랍니다, 생물이란 이런 거랍니다, 하고 설명해줘야만 하니까요. 그래서 사노 씨의 에세이 「죽는 게 뭐라고死ぬ気まんまん」를 사람들에게 좀 더 알리고 싶어요. "죽는 건 자연스러운 일입니다. 모두 사이좋게 기운차게 죽읍시다"라고, 평소 진료 중에도 환자한테 이렇게 죽을 의욕에

가득 찬 사람이 있다며 보여주기도 해요.(웃음)

사노 　정말로 기운차게 죽고 싶어요.

히라이 　「죽는 게 뭐라고」에는 아마도 그런 계몽적인 의미가 포함되어 있는 것 같은데요.

사노 　계몽하려는 마음은 조금도 없어요.

히라이 　'싱글벙글 씨'라는 사람이 나오던데, 몇 번을 읽어봐도 어떤 사람인지 모르겠어요.(웃음)

사노 　원래 그런 사람이에요. 한번 관찰해보시면 좋을 거예요. 그렇게 바람이 빠진 듯한 사람과는 두 번 다시 만나지 못할걸요.

히라이 　남자예요, 여자예요?

사노 　남자예요.

히라이 　생물학적으로 흥미로운 사람이더군요.

사노 　그 부분이 재미있죠. 혈압이 낮거나 높은 게 아니라, 아예 없다는 거요.

히라이 　'무맥박병'이라는 병이 있어요. 동맥 관련 병이죠.

사노 　아, 그 병일지도 모르겠네요!

내가 죽고 내 세계가 죽어도 소란 피우지 말길

히라이   사노 씨는 근 시일 내에는 죽지 않아요.

사노   그런가요? 어떻게 아시나요?

히라이   유방암으로 죽는 경우 어떤 과정을 거치는지 예상할
        수 있으니까요. 신장 전이는 한쪽뿐이었고 나머지는 뼈
        였죠. 뼈는 괜찮아요. 그러니 금방 죽진 않아요.

사노   아, 난처한데.(웃음) 정말로 곤란해요. 계획이 틀어지니
        까요.

히라이   일을 하셔야겠네요. 죽을 의욕에 가득 차서 일을 하셔
        야겠어요.(웃음)

사노   일해야겠네요.

히라이   예전에 젊었을 때는 장례식에서 "평안히 잠드소서" 운
        운하는 의미를 몰랐어요. 하지만 최근 들어 해가 갈수
        록, 고민과 책임을 껴안아야 하는 자리에서 고생하며
        사는 게 힘들어져서 "평안히 잠드소서"의 진짜 뜻을 이
        해하는 나이가 되었죠.

사노   저는 평안히 잠들 수 있을 듯해요.

히라이   여러 가지 일을 충분히 해오셨고, 경험도 다양하게 하
        셨으니까요.

사노   그렇다기보다 어릴 때부터 눈앞에서 형제가 몇 명이나
          죽었으니 죽음에는 논리가 없다는 걸 알고 있었어요.

히라이   의사도 질릴 정도로 죽음을 보니까요. 하지만 지금 일
          본 사람들 사이에는 죽음에 대한 문화가 없죠. 그래서
          의사들이 힘들어요. 사노 씨, 죽는다는 걸 모르는 사람
          이 많으니 죽음에 대해 좀 더 써주세요.

사노   저도 죽음에 다가서고 있고, 이게 첫 경험이니 자세히
          관찰하고 싶어요.

히라이   일본인의 죽음 준비교육의 일환으로, 사노 씨가 좀 더
          많은 말씀을 해주시면 의사로서 정말 감사할 텐데요.

사노   그래요? 요컨대 나 자신은 별것 아닌 존재죠. 마찬가지
          로 누군가 죽어도 곤란하지 않아요. 가령 지금 오바마
          가 죽어도 반드시 대타가 나오니까요. 누가 죽든 세계
          는 곤란해지지 않아요. 그러니 죽는다는 것에 대해 그
          렇게 요란스럽게 생각할 필요는 없어요. 내가 죽으면
          내 세계도 죽겠지만, 우주가 소멸하는 건 아니니까요.
          그렇게 소란 피우지 말았으면 해요.

히라이   옳은 말씀입니다. 하지만 실제로 겪어보지 않으면 실감
          이 안 나니까요.

사노   맞아요. 선생님의 재미난 이야기를 계속 듣고 싶지만

시간이 다 되었네요. 오늘 고마웠습니다.

내가 몰랐던 것들

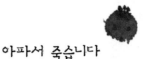

아파서 죽습니다

나는 병원에 갈 마음이 더 이상 들지 않았다. 약은 무서웠다. 어떤 의사도 믿을 수 없었다. 믿지 못하는데도 의사 앞에 서면 굽실굽실 비굴해지는 습관이 몸에 배어 있어서, 알랑거리는 눈빛과 몸짓을 하는 나를 또 다른 내가 1미터 대각선 위에서 지켜보는 듯했다. 그러면서도 마음속으로는 '당신이 뭘 알아?' '누구한테 잘난 척하는 거야? 큰소리치지 말라고!' 하며 욕설을 퍼부었다.

나는 학교 선생과 의사가 너무 싫다.

그 치들의 눈높이는 우리와 같았던 적이 한 번도 없다.

나는 몸 상태가 슬슬 낫지 않으면 의사에게 면목이 없으니 "요즘은 상태가 정말로 좋아요"라며 두 손을 비벼댔다. 그리고 이 의사에서 저 의사로 떠돌아다녔다.

내 몸은 어디 한 군데도 나쁜 곳이 없었다. 그러나 심장이 세차게 뛰며 쥐어짜듯 아파서 안절부절 숨을 쉴 수 없게 되곤 했다. 항상 마라톤을 하고 난 후의 상태라고나 할까. 그 상태가 지속되면 심장이 소시지가 되어 꼬챙이에 꿰어지고 불에 계속 굽히는 기분이 들었다. 가슴을 싹 갈라서 심장을 끄집어내고 피투성이 심장을 끈으로 동여맨 다음, 태양이 작열하는 사막에서 질질 끌고 다니는 듯할 때도 있었다. 그런 상태가 도무지 멈추지 않았다.

이런 일이 일어나도 좋은 걸까.

나는 원래 두통이 잦은 편이었는데, 예전의 두통은 약을 먹으면 가라앉는 일반적인 두통이었다. 하지만 이다지도 기분 나쁜 두통은 처음이다. 바늘 1000개를 다발로 만들어서 뇌를 찌르고 끊임없이 흔들어대는 느낌이었다. 두통약을 먹어도 전혀 듣지 않았다. 두통은 2년 반 동안 한순간도 사그라지지 않았다. 종이를 넘기는 소리에 펄쩍 뛰어오를 정도로 머릿속이 울렸다. 밥그릇이 부딪치는 소리에도 비명을 지르고 싶을 정도였다. 이 통증은 집에 들러붙어 절대로 나가지 않는 옛 가신 같았다.

그리고 몸의 왼쪽이 저려왔다. 그 때문에 나는 다리를 절뚝거렸다. 꼬집어도 바늘로 찔러도 아프지 않았다. 손가락을 만

지면 얼음물에서 갓 꺼낸 듯이 차가웠다.

어느 날 겉옷을 벗자 정확히 속옷의 왼쪽 부분만 선을 그은 듯 더러워져 있었다. 이상하게 여기며 세탁기에 던져 넣었다. 다음 날 또 속옷이 왼쪽만 거뭇거뭇해져 있었다. 셔츠를 벗고 팬티를 보았다. 팬티도 반쪽만 거무스름해져 있었다. 저림이 자기磁氣를 내뿜어서 속옷을 물들인 걸까. 어째서 이런 일이 생기는 걸까.

그러다가 저림이 없어졌다. 좋아, 이건 병이 낫고 있다는 첫 징조다, 하고 나는 기뻐했다. 그런데 이번에는 몸의 왼쪽이 아니라 앞쪽이 저려왔다. 얼굴을 꼬집어도 아프지 않았고, 입 부근은 치과에서 마취를 한 것만 같았다. 덤으로 침까지 나왔다. 입이 새의 부리처럼 앞으로 앞으로 늘어나는 느낌이었다.

얼굴만 이런 건가 싶어서 축 늘어진 가슴을 만져보니 차가웠다. 가슴에도 마취 주사를 맞은 듯했다.

이런 상태는 나타났다 사라졌다 했는데, 그럴 때면 도깨비에 홀린 기분이었다.

그 와중에 이번에는 몸속에 작은 화약이 설치되어 여기저기서 탁탁 터졌다. 깜짝 놀랐다. 갑자기 몸 여기저기서 불꽃이 빙글빙글 회전하며 돌아다니다가 느닷없이 멈추곤 했다. 탁탁 폭발하면 그 부분이 아팠다. 빙글빙글, 여긴가 하면 저기서,

어디로 불똥이 튈지 예상할 수 없었다.

그다음에는 뱃가죽이 아팠다. 아이를 낳기 직전처럼, 터지기 일보 직전처럼 가죽이 땅겼다. 하지만 배는 딱히 부풀어 오르지도 않았다. 뱃가죽을 잡아당겨 찢으려고, 집채만 한 장정 둘이서 전력을 다해 배 양쪽을 바이스(기계 공정에서 재료를 끼워 고정하는 기구)로 조이고 있다고밖에 생각할 수 없었다. "아, 터진다, 찢어진다고!" 하며 배를 문질러봤자 축 늘어진 초로의 뱃가죽이 출렁거릴 뿐이었다. 나는 우우 신음을 내뱉거나 와아 비명을 지르거나 아프다고 울고 싶었지만 목소리가 나오지 않았다. 바이스 장정 둘은 그럴수록 힘을 주어 영차영차 내 뱃가죽을 비틀어 올렸다.

이 증상이 얼마만큼 지속되었는지는 잊어버렸다. 그다음에 찾아온 증상은 간헐적인 갈비뼈 통증이었다. 갈비뼈를 산산이 깨부수는 듯한 통증이 사그라지지 않았다. 이때는 죽으려고 했다. 아픔을 멈출 수 있는 방법이 죽음밖에 없었다. 그러나 원망과 절망이 개흙처럼 질척대더라도 갑자기 죽어버릴 수는 없었다. 같은 죽음이라도, 통증을 견디지 못해 죽는다고 누군가에게 정확히 말해두고 싶었다. 하지만 피를 토하는 것도 아니고 힘들어서 심장이 튀어나온 것도 아니니 유서에 "아파서 죽습니다"라고 적어본들 누가 이해해줄까. 남들 눈에 보이는 건 독충 같은 늙수그레한 여자가 후줄근한 파자마 위에 끈도 묶지 않은 가운을 입고 뒹구는 모습일 뿐이다.

나는 피를 토한 나쓰메 소세키가 부러웠다. 목 놓아 울었던 마사오카 시키가 부러웠다. 그들은 누가 봐도 정당한 병자였다.

갈비뼈를 장작처럼 끊임없이 쪼개는 고통이 찾아오면 가운 끈으로 내 몸을 기둥에 동여맸다. 그러지 않으면 2층으로 기어올라 베란다에서 집 앞 골짜기로 몸을 던지고 싶어지기 때문이다.

목 놓아 울고 싶어도 목소리조차 나오지 않았다.

그러나 나는 겉보기에는 사지가 멀쩡한, 단지 게으르고 누추한 여자로밖에 보이지 않았다.

그 여자는 후줄근한 빨간색 파자마를 입고 녹색 가운 끈으로 스스로를 기둥에 동여매고 있었다. 그 옷은 마치 가난뱅이 궁녀의 옷 같다.

나는 허세가 있는 사람이니 더 이상 말하지 않겠다. 기운 빠지는 남의 병세 이야기를 듣고 싶어 하는 이는 없을 것이다. 사실은 10분의 8 정도밖에 털어놓지 않았고, 마저 하고 싶어 죽을 지경이지만 참는다. 무사의 오기를 흉내 낸다.

친구가 바닥에서 뒹구는 나를 보고 말했다.

"너 얼굴이 거무죽죽해."

"거무죽죽하다니?"

"더러운 똥에 진흙을 섞은 색이야."

"색깔은 아무래도 좋아. 보라색이든 파란색이든 상관없어. 진짜 똥이라도 괜찮아. 아프지만 않으면 돼."

나는 이렇게 대답하며 실실거렸다. 어째서 실실거리며 웃을 수 있는 걸까.

그래도 의사한테 갈 마음이 생기지 않았다. 약이 무서웠다.

신기하게도 제정신이 아닌 상태로 헐떡대는 나에게 같은 병을 가진 사람들이 빨려들 듯 몰려왔다. 처음으로 우리 집에 자러 온 사람은 논짱이었다.

논짱도 거무죽죽했다. 논짱은 어느 병원의 존재를 나에게 알려주었다.

사실 논짱이 알려준 것은 병원이 아닌 한 의사의 존재였다. 의사에게 홀딱 반한 듯했다. 거무죽죽한 얼굴을 하고서도 눈빛만은 반짝이며 말했다.

"진짜로 멋있어. 만나기만 해도 몽글몽글 기분이 좋아진다니까. 평소에 미친 듯이 뛰던 심장도 그 의사 앞에서는 안정이 돼. 게다가 약도 진짜 잘 들고. 그 약이 뭔지 알아? 비타민제야. 하하하. 이상하지?"

나는 가슴이 철판을 넣은 것처럼 뻐근했고, 목에서 턱까지
는 두 개의 강철 같은 근육 다발이 떠받치고 있는 듯해서 고
개를 돌리는 것조차 괴롭고 고통스러웠지만 "그래? 핸섬해?
젊어?" 하고 물어보았다. 곧 죽을 것 같은 독충의 꼴을 했지만
호기심만은 생생히 살아 있었다.

"음, 젊지는 않은데 엄청 핸섬해. 하지만 핸섬 따위의 가벼
운 단어를 쓰고 싶진 않아."

"몇 분 정도 상담해주는데?"

나는 예전에 병원에서 정신과 의사한테 혼난 적이 있었다.

"벌써 20분이나 지났는데요. 환자가 당신만 있는 건 아니에
요."

나는 정신과 의사는 이야기를 들어주는 사람인 줄 알았기
에, 깜짝 놀라 벌떡 일어선 채로 얼간이처럼 3분 동안이나 사
과를 해댔다.

"얼마든지 상담해주던데. 요전에는 예약하고 갔더니 40분
정도였어."

"정말로? 40분이나? 그 선생은 무슨 과인데?"

"내과."

"뭐, 내과?"

"요코 씨, 사실 우린 어느 과 의사라도 괜찮아. 상냥하기만

하면 돼."

"상냥해?"

"응. 아빠 같아. 네, 네, 하고 맞장구치면서 다정한 눈으로 계속 지켜봐준다니까."

나는 우리 아버지를 떠올렸을 때, 세상에 이렇게 무서운 사람이 또 있을까 싶을 정도로 두려움에 떨며 지냈던 기억뿐이다. 그래서 나는 옛날이야기 속의 이상적인 아버지가 어떤 존재인지도 모른다.

평소 논짱은 우리 집을 지나 숲을 통과해서 그 병원까지 갔다. 논짱은 전철도 못 타고 택시도 못 탄다. 그런 걸 타면 숨을 못 쉬기 때문이다.

걸어서 갈 수 있는 위치에 있었는데도 나는 그 병원의 존재를 몰랐다.

그 '엄청나게' 멋있다는 의사를 구경하고 싶었지만 나는 이제 병원에 가고 싶지 않았다. 약은 무섭다. 조금이나마 내 마음을 움직였던 요소는 비타민을 준다는 장난 같은 처방법이었다.

논짱과 나는 고타쓰나무로 만든 밥상에 이불이나 담요 등을 덮은 온열 기구를 사이에 두고 앉아서, 거무죽죽한 안색으로 마주 보며 서로의 원한과 분노를 수도꼭지 튼 것처럼 방출했다. 내가 신음하면 논짱은 따뜻한 타월을 가지고 와서 내밀었고, 논짱이 울면 내가 그녀의 등을 어루만졌다.

음식을 입에 댈 수 없는 나는 점점 여위어갔다.

그러나 딱히 몸이 안 좋은 것도 아니어서 아무리 아파도 죽지는 않았다. 잘 때 배가 도려낸 것처럼 움푹 꺼져가자, 나는 영양실조로 죽을지도 모르겠다는 생각이 들었다. 죽어도 상관없지만, 이 고통에서 해방되려면 죽는 게 가장 좋다고 하루에도 몇 번씩 생각했지만, 그러기엔 아무래도 억울했다. 나는 하루에도 몇 번씩 억울했다. 억울해서 신음을 내뱉었다. 거무죽죽한 얼굴을 하고서.

나는 움푹 파여 두꺼운 뼈가 곧바로 만져지는 배 위에 손을 올리고 링거를 맞기로 결심했다.

"논짱, 나 병원에 가서 링거 맞으려고."

"요코 씨, 아카와 선생님이라고 꼭 지명해야 해."

호기심이란 천박하다

그 병원은 우리 집 앞에 있는 숲 건너편의 언덕 기슭에 있었다. 다마多摩 언덕은 가을의 황금빛과 투명한 빨강, 오렌지색이 뒤섞여 빛났다.

병원은 마치 고속도로 입구에 있을 법한 러브호텔처럼, 멋들어진 풍경 속에서 이질적으로 불쑥 솟아 있었다. 새하얀 발코니가 있는 초콜릿색 벽돌 건물은 여자애한테 온갖 케케묵은 서양풍 양식을 뒤섞어 그리게 한 성처럼 보이기도 했다. 차를 세우고 '이게 병원인가? 내 취향이랑 전혀 안 맞는데'라고 생각하며 몸을 잔뜩 구부린 채 입구의 문을 밀었다.

내 눈에 들어온 것은 홀에 놓인 새하얀 피아노와 그 위에 장식된 성대하고도 화려한 생화였다. 바닥은 대리석으로 번쩍번쩍 빛났다. 대기실이라고 해야 할지, 널찍한 홀에는 꽃무늬 프릴이 잔뜩 달린 응접실 세트 같은 의자가 놓여 있었다. 내과 복도에 있는 의자에도 꽃무늬 프릴이 달려 있었다. 같은 무늬의 쿠션이 세트였다. 복도 막다른 곳에는 마호가니 서랍장이 있었는데, 그 위에도 수북한 꽃다발이 있었고 커다란 거울이 장미꽃 모양으로 조각된 틀 속에서 빛나고 있었다.

여기가 정말 병원인가. 접수처의 여자아이는 귀여운 분홍색 옷을 입고 있었다. 나는 조심스레 "건강보험 적용되나요?" 하고 물어보았다.

"네, 그럼요."

이탈리아 근교에 위치한 세련된 호텔의 여종업원처럼 느낌이 좋았다.

"아카와 선생님으로 부탁드려요."

여자아이는 눈으로만 생긋 웃었다. 내과 앞 복도에 놓인, 푹신푹신한 꽃무늬 의자에 웅크려 앉은 나는 충격을 껴안은 채 색색 숨을 몰아쉬며 눈동자만 이리저리 굴려 주변을 살펴보았다. 환자가 터무니없이 적었다.

빨리 논짱의 아카와 선생이라는 자를 구경하고 싶었다. 곧바로 내 이름이 불렸다. 미라처럼 거무죽죽한 낯빛의 뼈다귀가 되어서도 내 가슴은 쿵쿵 고동쳤다.

이런 때조차 나는 변태 근성을 버리지 못하는 것이다.

문을 열고 들어갔다. 진료실은 청결하고 새하얀, 평범한 방이었다. 그리고 아카와 선생이 거기에 있었다. 깜짝 놀랐다. 논짱의 말이 사실이었다. 여자가 자기 남자를 아무리 멋지다고 말해봤자 다른 사람 눈에는 그저 얼간이로만 보이는 게 보통인데.

아카와 선생은 일단 체격이 크고 풍채가 훌륭했다. 젊지는 않았다. 은색과 회색이 섞인 머리카락의 밸런스가 절묘했다. 남자는 머리가 벗어지는지 안 벗어지는지로 운명이 갈린다는 사실을 알게 되었다. 발모제가 날개 돋친 듯 팔리는 것도 당연하다. 이런 이상적인 머리카락을 가질 수 있는 사람은 소수의 선택된 운 좋은 남자다.

이 남자라면 백의를 입을 자격이 있다. 그 머리에 백의는 사자 갈기처럼 잘 어울렸다.

나는 내가 거무죽죽한 해골인 게, 미인이 아닌 게 원통했다. 원통해하며 둥글고 까만 의자에 앉았다. 앉자마자 아카와 선생으로부터 따뜻한 바닷물이(이런 게 있는지 모르겠지만) 밀려들어왔다.

순간 나는 스스로를 어떻게 설명했는지 까먹었다. 딱히 근사한 남자 앞이라서 흥분했던 것도 아니다. 다만 안심했던 것이다. 벌써 몇 년이나 안심이라는 마음의 상태를 맛보지 못했다는 사실을 그제야 깨달았다.

"저 영양실조에 걸리지 않았나요? 링거를 맞고 싶은데요."

나는 침대에 누워 피를 뽑았다.

그러는 와중에 생각지도 못했던 말을 내뱉었다.

"저기, 입원해도 되나요?"

"물론이죠. 호텔 대신이라고 여겨주세요."

이 얼마나 기분 좋은 친절인지. 호텔 대신이라니, 호텔보다 호텔스럽지 않은가.

"오늘 곧바로 입원할 수 있나요?"

"그럼요."

선생은 소리 내며 웃었다. 나는 소리 없이 웃었다.

"입원을 하더라도, 약은 안 먹어도 되나요?"

"괜찮습니다. 그래도 만일을 위해 종합검진을 받으시죠."

"네, 네."

나는 침대 위에서 피를 뽑으면서 눈을 핑핑 굴리며 돈 계산을 해보았다. 설마 엄청나게 비싼 사기꾼 병원은 아니겠지? 호텔 대신이라고 했으니 오쿠라호텔만큼 비쌀지도 모르겠군. 하지만 세끼 식사는 나올 거야. 나는 근 2년 동안 일을 하지 않았다. 저축액을 떠올려보았다.

아무리 비싼들 알 게 뭐냐.

"개인실도 있나요?"

"안내해드릴 테니까 천천히 결정하세요."

나는 돈이 없을 때에도 돈을 잘 쓰는 게 자랑이다.

피를 뽑은 다음, 선생이 "한 번 더 맥박을 짚어볼게요"라며 내 왼쪽 손목을 엄지손가락으로 눌렀다. 그리고 마지막으로 손등을 두세 번 가볍게 두드렸다.

그때 나는 깜짝 놀랐다. 인간의 손바닥이란 이렇게 따뜻한 것인가. 그 따뜻함이 몸속으로 번져나갔다. 아아, 이상적인 아버지란 이런 존재인가. 나는 비쩍 말라 손바닥이 앙상했던 내 아버지를 떠올렸다. 차가운 손이었다. 그래도 어릴 적에는 아버지의 손에 내 작은 손을 붙들린 채 산책하는 게 좋았다.

자리에서 일어선 선생은 키가 180센티미터 정도 되는, 기골이 장대한 남자였다.

수간호사가 병실을 안내해주었다. 복도 막다른 곳의 커다란 거울과 꽃이 있는 홀에서 오른쪽으로 꺾으면 엘리베이터였다. 왼쪽에는 반원형으로 튀어나온 온실 같은 공간이 있었는데, 거기에도 꽃무늬 응접실 세트가 두 쌍 놓여 있었다. 돌출된 큼지막한 창문에는 비단 프릴이 잔뜩 달린 새하얀 커튼이 묶여 있었고, 그 너머로 화단이 보였다.

엘리베이터 문은 금색이었는데 거무죽죽한 내가 비칠 정도로 번쩍거렸다.

엘리베이터 속에서 나는 이 병원이 호스피스라는 사실을 알게 되었다.

어디라도 좋다. 링거를 맞고 내가 만들지 않은 음식을 조금이라도 먹을 수 있게 된다면. 입원시켜달라고 했을 때 곧바로 그렇게 해주는 병원은 없다. 꿈 같은 일이다.

몸을 굽힌 채 걷지 않으면 안 될 정도로 고통에 시달리면서도, 태어나서 처음 보는 것이라면 무엇이든 신기해하는 내 속된 성격은 죽지 않았다. 호기심 때문에 두근거렸던 나는, 딱히 부끄럽지는 않았지만 호기심이란 천박하다는 생각을 했다.

말기 암 환자도 아니면서 호스피스에 입원한 나는 대체 뭐하는 사람인가. 이제야 납득한다. 그때 나는 혼이(사실 혼과 마음을 잘 구별하지 못하지만) 말기에 이르러서 죽어 있었던 것이리라.

"여기 얼마예요?"

"3만 2000엔이에요."

호텔 스위트룸 정도로 넓은 방이었다. 호텔 스위트룸으로 치자면 싸지 않은가. 침대가 낙낙한 공간에 놓여 있었고, 이 방에도 녹색 기조의 응접실 세트와 팔랑거리는 프릴, 정중앙에는 덩굴무늬 테두리의 터무니없이 큰 타원형 거울이 달린 화장대가 있었다.

3만 2000엔? 싼 건가. 아니, 비싸다. 싸지 않나? 역시 비싸다. 나는 그 방을 사양했지만 돈 때문은 아니었다. 호화로운 화장대가 부끄러워서였다.

옆방의 2인용 병실이 비어 있었다. 2인용 방을 혼자 쓰기로 했다. 1만 2000엔이었는지 9000엔이었는지 까먹었다.

2인용 병실을 혼자 쓰다니 이득을 본 기분이 들었다.

링거를 맞자 병원에 있어도 되는 정당한 이유가 생긴 듯했다. 나는 '말기 암 환자도 아니면서'라는 떳떳지 못한 기분이 다소 누그러져서, 점점이 떨어지는 작은 물방울이 반짝이는 광경을 만족스럽게 바라보았다. 내 담당 간호사는 젊었고, 탱탱해서 터질 듯이 건강해 보였다.

"난 몸이 아픈 게 아니라 머리가 이상한 거예요. 이런 사람도 입원한 적 있어요?"

"네, 한 명 있었어요. 원래 계시던 환자분의 부인이었는데, 남편께서 돌아가신 후 마음의 병에 걸린 분이었죠."

마음의 병이라고 하는 건가.

"언제든 불러주세요."

딸 같은 나이의 젊은 여자가 상냥하게 대해준다. 터질 듯한 젊음이 밀려온다.

"언제든이라고요?"

"한밤중이라도 괜찮아요. 환자들은 불안해질 때가 많잖아요. 이야기 상대가 되어드리는 게 저희 일이니까요."

나도 모르게 눈물이 날 정도로 기뻤다.

"힘들겠네요."

"아뇨, 일반 병원보다 훨씬 즐거워요."

즐겁다니? 자신이 죽어간다는 사실을 알고 있는 환자밖에 없는데도?

"아카와 선생님은 참 멋지던데. 몇 살이에요?"

갑자기 간호사는 커다란 입을 벌리며 웃었다.

"아, 부원장님이요? 그런가요? 저흰 젊어서요."

간호사는 갑자기 평범한 여자애로 변했다. 나는 자신이 젊지 않다는 사실을 잊고 있었다. 이 정도로 젊은 여자애라면 당연히 훨씬 더 젊은 사람을 남자로 느끼겠지. 내 간호사는 용수철이 튀어 오르듯 문밖으로 나갔다.

나는 링거의 물방울이 반짝이는 광경을 계속 바라보았다.

갑자기 인터폰 스피커가 커다랗게 울렸다.

"사노 씨!"

뭐지, 무슨 일이 일어난 건가. 내 간호사의 목소리가 병실

전체에 울려 퍼졌다.

"있죠, 아카와 선생님은 여든이래요!"

종합검진 결과, 내 몸 어디에도 이상은 없었다.

식당은 4층에 있었다. 아담한 프랑스 식당 같았다. 테이블
에 희고 빳빳한 천이 깔려 있었다. 하지만 이상할 정도로 어두
웠다. 나는 보통 식사의 절반만 달라고 부탁했다. 정성껏 만든
요리가 몇 개의 접시에 담겨 나왔다. 디저트는 멜론이었다.

링거대에 링거를 매달고 식당으로 들어오는 사람이 있었다.
도뇨관이 연결된 반투명한 소변백을 들고 오는 사람도 있었
다. 40대로 보이는 남자가 몇 명이나 앉아 있었다. 가족과 함
께 온 사람들도 몇 그룹 보였다. 다도 모임에라도 다녀온 듯한
기모노 차림의 여자는 소변백을 든 사람의 일행이었다. 그 사
람을 본 순간, 이곳이 하나부터 열까지 비상식적인 세계처럼
느껴졌다.

식당이 기이할 정도로 어두운 이유는 환자의 안색을 숨기기
위함이겠지.

식당에는 고참 죄수처럼 그곳에 익숙해 보이는, 몸집이 큰
남자가 있었다. 그 남자의 자리는 자연스레 정해져 있는 듯했
다. 그는 텔레비전의 리모컨을 쥐고서 야구를 보고 있었다.

나는 절반 분량의 식사를 반쯤 먹을 수 있었다. 1인분을 다 먹을 수 있게 되면 퇴원하자. 아니, 평생 입원해 있더라도 상관없을 것 같다.

오후가 되자 아카와 선생이 회진을 왔다. 선생은 내 침대 옆에 의자를 붙이고 앉았다. 내가 무슨 소리를 했는지는 기억이 안 났다. 선생은 한 시간도 넘게 느긋이 앉아 있었다. 초조해하는 기색은 전혀 없었다. 나는 마지막에 큰 소리를 지르며 베개를 벽에 집어 던지고 울부짖었다. 그런데도 선생은 다정하고 친절해서, 따뜻한 바닷물이(그런 바다에 들어가본 적은 없지만) 찰랑찰랑 밀려오는 듯했다. 나는 자신이 폭력을 휘두르고 있다고 생각했다. 그리고 내가 예전부터 쭉 폭력을 휘두르고 싶었다는 사실을 물이 끓어 넘치듯 별안간 깨달았다.

선생은 일어서서 벽에 부딪쳐 떨어진 베개를 주운 뒤 나에게 건넸다.

"미안해요."

나는 사과했다. 선생은 조용히 달래듯 내 손등을 두세 번 쓰다듬으며 말했다.

"정신과 의사랑 상담하시겠어요?"

나는 건네받은 베개에 얼굴을 푹 파묻고 세차게 고개를 흔

들었다.

"어째서 정신과 의사가 여기 있나요?"

베개 위로 눈을 반쯤 내밀며 외쳤다.

"환자분의 가족들이 상담을 할 때가 있어요."

"환자가 아니라요?"

"드물게 그런 분도 계시지만요."

나는 환자를 간호하는 가족의 고충이 정신과 의사를 필요로 할 정도라는 당연한 사실을 처음으로 깨닫고는 압도당했다. 나는 논짱이 아니었지만 아카와 선생이 좋아졌다.

나는 수면제만 부탁했다. 비타민제를 먹고 나을 정도로 순진하지는 못했다.

방을 나서는 아카와 선생의 커다란 뒷모습을 바라보면서 생각했다.

'저 모습으로 여든이라니, 우와, 여든이라니.'

베개를 끄집어 내리고 눈알을 굴리며 선생을 훑어보았다.

누워도 일어나도 앉아도 걸어도 통증이 똑같아서, 나는 하루 종일 밝은 홀의 프릴 달린 안락의자에 앉아 있었다. 벽 쪽 의자에 앉아서 꼼짝도 하지 않았다. 전前 프로레슬링 선수라고 해도 믿을 정도로 튼실한 남자가 특등석 소파에서 텔레비

전을 향해 드러누워 있었다. 자세히 보니 그 아저씨는 문고본 책을 읽고 있었다. 『쇼지의 무엇이든 통째로 베어 먹기 ショージ君 の何でも丸かじり』였다. 나는 쇼지 사다오의 에세이를 읽으면 아무리 아플 때라도 3분에 한 번은 소리를 내며 웃는다.

나는 아저씨가 언제 웃을지 쭉 관찰했다.

놀랍게도 아저씨는 한 번도 웃지 않았다.

그는 몇 시간이나 열심히 책을 읽었지만, 끝까지 엄숙한 표정을 바꾸지 않았다. 링거가 걸린 링거대를 소파 옆에 두고 있었다. 다음 날도 아저씨는 쇼지 사다오의 새로운 책을 읽고 있었다. 그리고 웃지 않았다.

내 간호사는 저녁 여덟 시가 되면 꼬박꼬박 수면제 한 알을 챙겨들고 온다.

젊은 생명이 반짝반짝 눈부셔서, 손이나 목덜미를 만지면 기분이 좋아질 것 같다. "천천히 해요." 나는 사람이 그리웠다. "네, 네." 간호사는 의자를 끌어당겨 앉았다.

"이 병원 힘들지 않아요?"

"아뇨, 제가 원해서 온 걸요."

"전에는 어디 있었는데요?"

"이 병원의 모병원이요."

"일반 병원에서는 몸이 나아서 퇴원하는 사람도 있잖아요. 그럴 때 기쁘지 않았나요?"

"기뻐할 틈도 없을 정도로 바쁘고 힘들었어요."

"여기는 죽어가는 사람뿐인데, 안 괴로워요?"

"저어, 여기서는 환자분이 돌아가셨을 때 울어도 돼요."

"누가?"

"제가요."

나는 얼른 의미를 파악할 수 없었다.

"일반 병원에서는 반드시 프로답게 굴어야 해요. 환자분이 돌아가셔도 절대로 울지 않도록 교육받죠. 학교에서도 그렇게 배우고요. 하지만 여러 환자분이 계시잖아요. 그중에는 마음이 무척 잘 통하는 사람도 있고요. 그런 분이 돌아가실 때면 정말로 슬퍼요. 그래도 울어서는 안 되죠. 전 여기서도 처음에는 참았어요. 전에 있던 병원에서처럼요. 그러자 수간호사님이 울어도 된다, 자신의 본모습을 보여도 된다고 말씀해주셨어요. 그래서 울었더니 정말로 기분이 좋았죠. 울면 편해지잖아요. 그게 가장 기뻐요."

나는 몰랐다. 그런가.

"어떤 환자라도 죽으면 울어요?"

"아뇨, 눈물이 전혀 안 나는 환자도 있답니다."

거기에는
누구의 이름도 붙어 있지 않았다

이틀째 밤이었다. 소등은 여덟 시였지만, 나는 열 시에 약을 먹고 자기로 했다.

전등을 끄고 약효가 나타나기를 기다렸다.

방은 칠흑처럼 새까맸다. 낮 시간에도 정말로 고요한 병원이었다.

문득 정신이 들자 비어 있는 옆 침대에서 색색거리는 숨소리가 들려왔다. 나는 착각이겠거니 하며 불을 켰다. 숨소리가 멎었다. 뭐야, 역시 기분 탓이었군. 전등을 껐다. 그러자 또 다시 색색거리는 숨소리가 들려왔다. 나는 잠시 그대로 있어보았다. 숨소리는 규칙적으로, 50센티미터 정도 떨어진 거리에서 확실히 들렸다.

다시 한 번 불을 켰다. 숨소리는 딱 그쳤다. 나는 이런 종류의 현상을 절대로 믿지 않는다. 그다지 무섭지도 않았다.

그날은 불을 켠 채 잠들었다.

이 침대에서도, 옆 침대에서도 틀림없이 누군가 죽었을 것이다. 그것도 몇 명이나. 호스피스인걸. 죽기 위해 오는 곳인걸.

다음 날 밤에는 전날의 일을 깡그리 잊고서 잠들었다.

그러나 그다음 날 밤, 불을 끄자 또 다시 색색 숨소리가 들려왔다. 나는 엊그제의 숨소리를 완전히 잊고 있었다.

또다시 불을 켰다. 숨소리가 멎었다.

불을 껐다. 그러자 다시금 색색 숨소리가 들려왔다.

나는 이날도 불을 켠 채 잠들었다.

숨소리가 들린 건 이틀뿐이었다.

그 숨소리는 조금도 괴롭게 들리지 않았다. 오히려 평온하고 편안한 숨소리였다.

지금 떠올려보아도 전혀 무섭지 않다.

그런데 어째서 이틀만 들렸을까.

병원이니 당연히 금연이었다. 재떨이는 1층 홀에만 있었다. 밤이 되면 나는 담배를 들고, 굳이 엘리베이터를 타고서 홀까지 담배를 피우러 갔다.

첫날 밤 엘리베이터에서 내리자 홀에서 매우 근사한 향기가
났다. 향수일까. 그것도 달착지근하게 코를 찌르는 싸구려 향
수 냄새가 아닌, 헤이안 시대의 공주님(본 적도 없지만)한테서
한결같이 풍겨오는 듯한, 굳이 표현하자면 식물적인 향기였다.
과연 하나부터 열까지 빈틈이 없는 세심한 배려다. 어쩌면 담
배 냄새를 없애기 위한 향일지도 모르겠다.

그런데 이상하게도 향기는 매일매일 나지 않았다. 그 향이
풍길 때만 아, 오늘은 향기가 나는구나, 하고 여길 뿐이었다.
홀에 사람이 있는 경우도 드물었다. 나는 스스로 전등을 켜고
푹신푹신한 소파에 앉아 적막에 휩싸인 건물 속에서 분주히
담배를 피워댔다.

어느 날 칠흑같이 어두운 홀의 불을 켜자, 어둠 속에 묻혀
있던 한 남자가 보였다. 30대의 남자로, 머리 뒤로 양손을 깍
지 끼고 움직이지 않는 돌처럼 가만히 있었다. 나는 허겁지겁
불을 껐다. 눈이 어둠에 차츰 익숙해지자 그 남자가 한 점을
가만히 노려보는 모습이 눈에 들어왔다. 그 한 점이 먼 곳인지
가까운 곳인지, 남자는 미동조차 하지 않았다.

내가 담배에 불을 붙이자 그는 몸을 깊숙이 구부리고 다시
바닥의 한 점을 응시하기 시작했다. 꼼짝도 하지 않은 채, 바

닥인지 바닥보다 깊은 안쪽인지 모르겠지만 줄곧 노려보았다.

만지면 감전당할 듯한 느낌이었다.

그 사람이 있을 때는 없을 때보다 홀이 한층 고요했다.

그는 묵묵히 느릿느릿 일어서서 금색 엘리베이터를 타고 사라졌다. 환자가 아니라 가족이었다.

어느 날 다시 향기가 났다. 홀로 가는 길목에 위치한, 늘 어두워서 있는지도 몰랐던 복도에 불이 들어와 있었다. 복도에는 방문이 몇 개 있었다. 그중 한 곳 앞에, 검은 양복에 검은 넥타이를 맨 젊은 남자가 부동자세로 꼿꼿이 서 있었다. 한눈에 알아보았다. 그는 상조회사 직원이었다. 검고 젊은 남자가 등지고 서 있는 문은 새하얗고 반들반들했는데, 거기에는 누구의 이름도 붙어 있지 않았다. 영안실이었다. 좋은 향기는 고급 선향의 냄새였다. 영안실 안쪽에서는 아무런 목소리도 들리지 않았다. 목소리가 들리지 않는데도, 방금 전까지만 해도 살아 있던 사람과 그 가족들의 침묵이 문 건너편에 덩어리져 있다는 사실을 알 수 있었다.

바로 옆 개인 병실에 사람이 들어왔다.

언제 입원했는지 낮 동안은 눈치채지 못했다. 밤이 되자 옆방의 흰 커튼에 오렌지색 불빛이 비쳐서 그제야 알게 되었다.

빈방은 원래 검은 어둠 덩어리였는데, 어슴푸레한 오렌지색의 조그만 불빛이 보이니 인기척이 따스하게 전해져왔다.

그게 내가 들어온 후 며칠째였는지 잘 기억나지 않는다.

나는 변함없이 낮 동안에는 홀의 한구석에서 쿠션을 껴안은 채 고통을 견디고 있었다.

옆방 환자에게는 손님이 많이 찾아왔다. 양복을 입은, 한창 일할 나이의 중년 남자들이 서너 명씩 한꺼번에 커다란 과일 바구니 같은 걸 들고 몰려와서, 홀의 팔랑거리는 꽃무늬 응접실 세트에 딱딱한 표정으로 앉아 있었다. 옆방 환자는 큰 항공사의 기장인 듯했다. 지적이고 늘씬해서 스타일이 좋은 환자의 부인은, 틀림없이 옛날에는 스튜어디스였을 것이다. 손님들은 말수가 적었고 부인도 속삭이듯 조용히 말하는 사람이었지만, 내 귀에는 그들의 말이 쓸데없이 잘 들렸다.

환자는 처음부터 본인의 병에 대해 알기를 원했다.

자신의 상태를 정확하게 파악하고 있었다.

의사에게 남은 날을 물어보자 2개월이라는 대답이 돌아왔다고 한다.

"네, 남편은 스스로 호스피스 자료를 찾아본 다음 여기로 결정했죠. 그런 사람이니까요."

분명히 이지적이고 침착한 사람이었겠지. 손님 넷은 숨을 죽이고 침조차 삼키지 못한 채 침묵을 지켰다.

"마지막은 가족끼리 조용히 지내고 싶다고 그전부터 얘기 했으니까요. 전에 있던 병원에서는 밥을 잘 먹었어요. 그런데 여기에 들어온 날부터는 통 안 먹네요. 말도 안 하고요. 남편 은 의사가 말려주길 바랐던 것 같아요. 아직 그럴 필요 없다고 요. 저도 이렇게 갑자기 기력이 쇠할 줄은 몰랐어요."

말쑥한 정장을 갖춰 입은 손님들은 미동조차 하지 않았다.

내 침대에서는 밤이 되면 어두운 오렌지색 불빛이 보였고, 가족 중 누군가 밤새 깨어 있는 기척이 가만히 느껴졌다.

딱 한 번, 반쯤 열린 문틈으로 환자의 발이 보였다. 푸른 줄 무늬 파자마에서 튀어나온 정강이가 쿵 하고 반대쪽으로 쓰러 졌다. 몸 전신이 슬퍼하는 듯한 연약한 쓰러짐이었다.

다음 날, 밤이 되었는데도 옆방이 어두웠다. 나는 쓸쓸했지 만 그 전에 다급하고 분주하게 움직이는 기미가 없었기에, 간 병하는 사람도 일찍 잠들었겠거니 했다. 이튿날 간호사에게 "옆방이 조용하네요"라고 했더니 "아아, 옆방 환자분은 어제 돌아가셨어요"라는 대답이 돌아왔다.

"정말요? 몰랐어요. 온 지 얼마 안 됐잖아요?"

"네, 사흘인가 나흘밖에 안 됐죠. 빨랐어요."

머리부터 발끝까지 건강해 보이는 간호사는 그대로 방을 빠져나갔다. 나는 옆방 부인의 "남편은 말려주길 바랐던 것 같아요"라는 말이 머릿속에서 떠나지 않았다.

아무리 냉정하고 침착한 사람이라도, 생각의 가장 안쪽과 마음의 가장 밑바닥에 무엇이 있는지는 본인조차 알 수 없다.

막상 부닥쳐보지 않으면 모른다.

부인도 의사도 모른다.

환자의 언어 건너편에 있는, 말로 표현되지 않은 감정은 누구도 부닥쳐보지 않으면 모른다. 이성이나 언어는 압도적인 현실 앞에서는 별로 힘을 발휘하지 못한다.

나는 매일 텔레비전이 있는 대합실 의자에 앉아 있었다.

그러다 보니 항상 그 장소에 있는 사람들을 차츰 알게 되었다. 머리를 스포츠형으로 둥글게 자른, 키가 큰 50대 남자. 목발을 짚고 있는 뚱뚱한 70대 할머니. 껍질을 벗긴 달걀처럼 반질반질한 얼굴의 40대 초반 여자.

새하얀 비단 커튼 건너편의 다마 언덕에는 가을이 찾아들었다. 마구 뒤섞인 나뭇잎색이 여러 겹으로 겹쳐져 강렬하게 빛나고 있었다. 눈이 부셨다. 매일매일 무척이나 청명한 가을 날씨가 이어졌다.

한가운데에는 쇼지 사다오를 읽으며 벤치를 점령하고 있는 아저씨.

간호사 스테이션이 그 근처에 있었다.

대합실은 텔레비전이 켜져 있는데 신기하리만치 고요했다.

언제나 오후가 되면 상당히 젊은 여자가 휠체어를 타고 재빠르게 지나갔다.

휠체어를 미는 사람도 젊은 남자였다.

젊은 여자는 누르스름한 빛을 띤 투명한 피부에 비쩍 야위어 있었다. 몸 전체가 투명해 보일 정도였다. 분홍색 가운이며 휠체어도 투명해서 마치 투명한 필름이 움직이는 듯했다. 엘리베이터 쪽으로 사라진 다음 20분 정도 지나면, 다시 투명한 휠체어가 소리 없이 내 곁을 지나쳐 병실로 사라지곤 했다.

어느 날 창가에 서서 아래를 내려다봤더니 화단 한구석에 투명한 휠체어가 멈춰 있었다. 젊은 여자는 투명한 상태로 매우 조용하게 똑바로 정면을 바라보고 있었다. 그녀의 눈앞에 펼쳐진 광경은 호화찬란한 다마 언덕의 가을 단풍이었다. 자연은 그 어떤 경우에도 실패해서 찢어버리고 싶은 그림처럼 되는 법이 없다. 내년 봄에는 틀림없이 벚꽃이 피겠지. 휠체어를 밀던 젊은 남자도 입을 다문 채 정면을 응시하고 있었다.

두 사람의 모습은 한 장의 사진처럼 보였다. 그로부터 며칠

간, 투명한 휠체어가 내 앞을 지나치는 일은 없었다.

이제는 짧은 휠체어 산책마저 못할 지경이 된 걸까.

갑자기 내 옆에 앉아 있던 목발 할머니가 "그 백혈병 걸린 젊은 사람, 참 딱하게 됐어요"라고 말했다. 호리 다쓰오의 소설 『바람이 분다風立ちぬ』의 주인공 같은 두 사람이었다. 나는 3미터 정도 떨어진 거리에서, 투명한 필름처럼 몇 번쯤 나를 스쳐 지나간 젊은 커플을 몇 초간 바라보았을 뿐이었다.

단지 그것뿐이었는데도 할머니의 말을 듣자 맹렬한 외로움이 나를 꿰뚫고 지나갔다.

어릴 적에 더 이상 가지고 놀지 않게 된 유리구슬 하나를 아무래도 찾을 수 없었을 때 느꼈던, 어쩔 도리 없는 쓸쓸함과도 비슷한 기분이 들었다. 나는 어린 나의 작은 우주에서 소중한 물건이 사라질 때면 그 물건이 어딘가에 섞여 들었다가 다시 나온다거나, 오빠가 장난으로 훔쳐 간 것이라서 결국 호주머니에서 발견된다는 식의 희망을 품어서는 안 된다는 걸 알고 있었다. 사라져버린 것이다. 나의 작은 우주에서. 언어로는 표현할 수 없었지만, 그 감정은 소중한 물건이 영원히 사라졌다는 사실을 받아들여야만 한다는 걸 깨닫는 쓸쓸함이었다.

대화를 나눈 적도 없고 나와 아무런 관계도 없는 사람이, 이제는 결코 투명한 모습으로 고요히 내 앞을 스쳐 갈 일이 없어진 것이다.

단지 나를 스쳤던 사람이 영영 나타나지 않는다고 해서, 마치 이 세상에서 소중한 존재가 사라진 양 돌이킬 수 없는 쓸쓸함을 느낀다는 사실에 나는 충격을 받았다.

목발 할머니는 그 이야기를 한 후 자신은 뼈에 암이 생겨 허리를 수술했다는 것, 지금은 전이 여부를 검사하러 이 병원에 와 있다는 것, 규슈에서 왔다는 것, 등이 아파서 견딜 수가 없다는 것, 이제 암세포는 전부 잘라내었으니 재발했을 리 없다는 것을 양동이 뒤집은 듯 줄줄 이야기하기 시작했다.

이 병원의 원장이 개발한 ××백신을 계속 맞고 있다는 것, 이곳의 환자는 전부 ××백신을 맞는다는 것, 수술 후 ××백신을 계속 맞으면 재발할 일은 없다는 것, 하지만 등이 아파서 견딜 수가 없다는 것.

그러니까 호스피스 서비스를 받기 위해 입원한 사람과 자기는 정말로 다르다는 것, 환자의 절반은 수술 후 요양을 하기 위해 온 사람들이라는 것, 오래된 사람 중에는 4개월이나 요양 중인 환자도 있다는 것 등의 정보를 한꺼번에 내게 쏟아부었다. 그 백신은 전국적으로 유명해서, 방방곡곡에서 사람들이 몰려오고 있다는 이야기도 그때 들었다.

"당신이니까 말하는 건데."

이 할머니는 '당신'인 나에 대해 아무것도 모른다.

"아무한테도 말한 적 없어요. 당신이니까 말하는 건데, 우리 남편은 정말로 망나니야. 내가 남들한테 말 못할 고생을 얼마나 했는지. 친척이나 형제들한테도, 누구에게도 말한 적이 없어서 아무도 모른다우."

"여자 문제예요?"

"그건 빙산의 일각이라우. 폭력이 얼마나 심한지, 머리채를 질질 끌고 다녀서 뼈가 부러진 적도 몇 번이나 있었다고. 뼈가 부러져도 의사한텐 넘어졌다고 했지. 얻어맞아서 멍이 들어도 옷장 모서리에 부딪쳤다고 둘러대야만 했고."

"왜 그러셨어요?"

"당신이니까 말하는 건데, 사실대로 말 못하게 하려고 남편이 진료실까지 따라 들어왔다우."

"자제분은요?"

"아들이 둘 있는데, 독립해서 남편이랑 같이 일해요."

"하지만 아드님들은 아버지가 폭력을 휘두르는 걸 봤죠?"

"그게, 당신이니까 말하는 건데 애들 앞에서는 절대로 안 때려."

"여자가 생기면 집에 안 들어올 때도 있지 않아요?"

"그게, 당신이니까 말하는 건데 전부 회사 여직원들이었다우. 참 심했지. 나도 그 회사에서 경리 같은 걸 쭉 도맡아 했었다고. 생각해보시구려. 그 여자한테 시간외수당을 줄 때면 내가 전표를 끊어줬다니까. 너무했지요? 그런데도 내 월급은 없었다우. 정말로 괴로웠지."

"계속 그랬어요?"

"옛날부터 쭉. 당신이니까 말하는 건데, 이 일만은 경험해보지 않으면 내 심정 몰라요."

"왜 안 헤어지셨어요?"

"시골은 도쿄랑 달라서 이혼이 가당치 않다우. 아들 혼삿길도 막힐 테고. 나만 참으면 된다는 생각으로 버틴 거지."

"결혼한 지 얼마나 되셨어요?"

"53년."

"우왓."

"그래요, 53년."

"그래도 병문안은 오시죠?"

"한 번도. 차가운 인간이라우."

"정말이에요? 규슈에서 여기까진 어떻게 오셨어요?"

"비행기랑 택시 타고요."

"혼자서?"

"아무렴. 당신이니까 말하는 건데, 지금까지 아무한테도 말한 적 없다우. 암, 한 번도 말한 적 없지."

터무니없는 사생활 이야기를 들어버렸다. 그것도 "당신이니까"라고 몇 번이나 거듭 되풀이하는 이야기였다. 나는 목발 할머니의 말이 거짓말이라고는 생각하지 않는다. 거무스름한 콜타르를 뒤집어쓴 듯 기분이 무거워졌다. 내가 아는 건 이런 일생을 사는 여자가 많다는 사실이다. 이런 사람들은 결코 이혼을 하지 않는다.

다음 날 나는 또 홀의 의자에 가 앉아 있었다. 멍하니 밖을 바라보던 중에 이야기 소리를 들었다.

"진짜로, 이렇게 머리채를 잡고 질질 끌었다니까."

목발 할머니는 스포츠머리 아저씨 옆에 바짝 붙어 앉아 불행한 이야기를 털어놓고 있었다.

이 사람이 사는 이유는 원망 때문이다. 원망의 뿌리를 잘라내면 이 사람은 살지 못할 것이다. 죽는 순간까지, 그것이 10년 뒤든 2개월 뒤든 원망과 찰싹 붙어 살아갈 것이다.

53년 동안!

이 사람은 강인한 걸까, 나약한 걸까. 아마도 강하거나 약한 차원이 아닌, 마음속 깊이 소용돌이치는 에너지를 품은 사람

156

일 테지.

내가 아는 건 그녀에게 그런 인생 말고는 다른 길이 없었고, 그녀가 보낸 53년도 스스로 선택했다는 사실이다.

그녀의 고통은 수술한 상처나 암세포에서뿐만 아니라, 53년간 얻은 마음의 상처에서도 뿜어져 나오는 것일지 모른다.

그래도 그녀는 아내이자 어머니로서 일생을 살아내었다. 위대한 업적이 아닌가.

별안간 나는 이 세상이 아름답다는 생각이 들었다. 그렇게 생각하는 나 또한 원망과 분노의 개흙에 전신이 갈가리 찢어 발겨져 있다.

나도 내일 죽을지 10년 뒤에 죽을지 모른다. 내가 죽더라도 아무 일도 없었던 양 잡초가 자라고 작은 꽃이 피며 비가 오고 태양이 빛날 것이다. 갓난아기가 태어나고 양로원에서 아흔 넷의 미라 같은 노인이 죽는 매일매일. 그럼에도 불구하고 나는 이 세상이 아름답다고 생각하며 죽고 싶다. 똥에 진흙을 섞은 듯 거무죽죽하고 독충 같은 내가 그런 생각을 한다.

내년에 피는 벚꽃

그러던 어느 날이었다. 그날은 가을 하늘이 유난히 청명했다. 나는 홀의 커다란 유리창 안쪽에 서서 켜켜이 포개져 있는 가을 산을 바라보았다.

내 옆에서 바깥 풍경을 함께 보고 있던 사람은 반들반들한 달걀 같은 여자였다.

"날씨가 좋네요."

이렇게 근사한 가을 날씨는 일평생 손에 꼽을 정도인 것 같아서, 나도 모르게 그 여자에게 말을 걸었다.

"진짜 그러네요. 예뻐라."

"차라도 마시러 갈래요?"

넉넉한 가을날의 바깥 공기를 쐬고 싶었다. 가능하면 숨 막힐 듯 단풍으로 물든 언덕에 '주문이 많은 요리점작가 미야자와 겐지의 동화 속 식당' 같은 카페가 있었으면 좋겠다.

"네, 가요."

이상하게 나는 아무리 가슴이 아프거나 다리가 저릴지언정 운전만은 할 수 있었다. 차까지 기어갈 수만 있다면 말이다. 차에 당도하기까지는 마치 100살 먹은 노파처럼 몸을 직각으로 구부리고 비척비척, 흐느적흐느적 걸어간다.

"괜찮겠어요?"

나는 정신에 문제가 있을 뿐 암에 걸린 건 아니었지만 그녀는 암 환자였다.

외출할 만한 체력이 있을지 의심스러웠다.

"아무렇지도 않은걸요. 옷 갈아입고 올게요."

그녀의 꾸밈없는 솔직함에 나는 살짝 놀랐다.

가운과 파자마에서 스웨터와 타이트스커트로 갈아입고, 굽이 낮은 펌프스에 핸드백을 든 그녀는 조금도 환자처럼 보이지 않았다.

중산층의 교양 있는 부인이 백화점에 쇼핑하러 가는 듯한 모습이었다.

간호사 스테이션을 향해 "차 한 잔 하고 올게요"라고 말하자 젊은 간호사가 "이야, 좋으시겠어요. 부러워라. 저도 가고 싶어요"라고 통통 튀는 목소리로 대답했다.

차를 타고 어디로 갈지 고민했지만, 근방에는 세련되고 괜찮은 카페가 없었다.

근처 전철역의 어수선한 찻집에는 들어가고 싶지 않았다.

"이 근처에는 괜찮은 찻집이 별로 없어요. 우리 집이 여기서 가까운데 경치 하나는 끝내주거든요. 집에서 마실래요? 차 종류라면 뭐든 다 있는데."

"우와, 좋아라. 그래도 돼요?"

"너무 가까워서 깜짝 놀랄지도 몰라요."

우리 집은 자연공원 한가운데에, 어떻게 이런 곳에 집을 지을 수 있었는지 의심스러운 눈초리를 받을 정도로 절경 속에 있다. 우리 집 창문에서 남의 집 지붕이 하나도 보이지 않는, 골짜기의 경사면에 위치해 있는 것이다.

집에는 금방 도착했다.

"커피 마시고 싶어요."

그녀는 테이블 앞에 앉더니 말했다. 우리는 서로의 이름조차 몰랐다.

"전혀 아픈 사람처럼 보이지 않네요."

"폐암이에요. 그래서 폐를 잘라냈거든요, 4년 전에. 양쪽 다 말기였어요. 기침이 좀 나올 뿐이고 아무렇지도 않아요. 전 수술한 다음에 방사선이랑 항암제를 거부했어요. 백신만 맞아요. 지금은 검사하러 병원에 와 있는 거고요. 병원에서 같은 병에 걸렸던 사람들을 쭉 살펴봤더니, 항암제를 맞은 사람은 전부 죽었어요. 그런데도 왜 다들 항암제를 맞느냐면, 이건 제 생각일 뿐이지만 항암제를 거부하면 병원에서 쫓겨나거든요. 그게 불안한 거예요. 거부하면 병원에서 상대해주지 않으니까요. 그게 무서워서 그래요. 전 항암제를 안 맞으면 4개월 안에 재발하고 1년 안에 죽는다는 소릴 들었어요. 하지만 아무렇지도 않았죠. 남편이랑 아들이 제발 항암제를 맞으라고 애원했고 저도 그걸로 남편이 안심한다면 맞을까 했지만, 이상하게도 쭉 평소처럼 지낼 수 있었어요. 아무도 내가 암이라는 사실을 몰라요. 정말이에요. 자식은 남자애 하나인데, 내년 3월에는 도쿄의 학교에 입학시키려고요. 아마 입학할 수 있을 거예요. 제가 의사한테 남은 날이 1년이라는 말을 들어서, 남편이 그때부터 절대로 저한테 고함치지 않기로 약속했어요. 성질이 급한 사람이었거든요. 그런데 저한테 가장 기쁜 순간은, 제가 아프다는 걸 잊어버린 채 남편이 또 고함을 칠 때예요. 그건 제 병을 남편도 까먹고 있다는 거잖아요? 그게 가장 기뻐요. 전 뭐든 다 하면서 지내요. 병 걸리기 전이랑 완전히 똑같아요. 제가 생각해도 신기해요. 아무 데도 안 아프거든요. 왠지 이건 내 힘이 아닌 것 같아요. 비웃을지도 모르겠지만,

내 힘이 아닌 다른 힘에 의해 살아가는 것 같아요. 의사는 1년이라고 했으니까요."

"암이 깨끗하게 떨어진 게 아닐까요?"

"아니에요. 그게 아니라는 건 저도 알아요."

"불안하거나 무섭진 않고요?"

"신기하게도 그런 기분은 하나도 안 들어요."

"종교 있어요?"

"네, 있어요."

역시 그랬구나. 아, 곤란하다.

기독교면 어쩌지, 수상쩍은 신흥종교라면 난처한데. 어째서 내가 난처한지 모르겠지만 그 순간 나는 그렇게 느꼈다.

"기독교?"

"아뇨. 종교라고 할 수 있을지 모르겠지만 어릴 때 할머니가 한 달에 한 번 하는, 절의 독경 모임에 절 데리고 다니셨거든요. 모두 함께 모여서 그냥 염불을 외는 거예요."

"어린애였을 텐데 지겹지 않았어요?"

"아뇨, 저는 좋아했어요. 어리니까 염불도 금방 외웠고요. 그래서 계속 할머니랑 절에 갔죠. 가면 기분이 좋아져요. 어린애니까 아무런 생각이 없었죠."

"다른 애들도 많이 왔어요?"

"아, 그게 말이죠, 저밖에 없었어요. 거기에 대해 생각해본 적도 없고요. 전 그냥 할머니를 따라다녔던 거죠. 제가 좀 특이한 애였던 걸까요. 그러다가 자연스레 안 가게 되었어요. 고등학생 땐 아예 안 다녔고요. 그런데 결혼하고 얼마 있다가 또다시 가고 싶어져서요. 그때부터 쭉 다니고 있어요."

"무슨 계기라도 있었나요?"

"아뇨, 그냥 자연스럽게 다시 가고 싶어졌을 뿐이에요. 딱히 열심히 다닌 건 아니라서 바쁠 땐 빼먹기도 했어요. 그래도 염불을 외면 가슴 언저리가 후련해져요. 무언가 고민이 생기면 선생님이 대신 좌선해주세요."

"선생님?"

"네, 그런 사람이 있어요. 부처님이랑 우리를 연결해주는 존재랄까요."

"좌선해준다는 건 뭐예요?"

"선생님이 저를 위해 직접 부처님한테 빌어주는 거죠."

나는 잘 이해가 되지 않았다.

선생이 구루자아를 터득한 신성한 교육자 같은 존재인지 아니면 신부나 목사 같은 사람인지, 그냥 스님인 건지 그 이상 묻지 않았다. 나는 종교심이라는 걸 절대로 가질 수 없는 사람이다.

나는 그녀가 수술 후 백신을 맞는 중이라는 것, 원래 히로

시마 사람인데 이따금씩 검사를 하기 위해 도쿄로 온다는 것,
이번에 입원한 것도 검사 때문이고, 히로시마에서 혼자 왔다
는 것을 알게 되었다.

"히로시마에 가본 적 있어요. 바다에 빨간 도리이신사 입구에 기
둥으로 이루어진 문가 우뚝 솟아 있는 곳이요."

"우리 집은 그보다 훨씬 더 촌구석인데. 도회지가 아니에요.
그래도 좋은 곳이죠. 놀러 오면 좋을 거예요. 와봤자 아무것
도 없지만요."

그녀가 어릴 때부터 염불을 외던 절이 어떤 곳인지 보고 싶
었다. 하지만 갈 일은 없겠지.

나는 이따금씩 병원에서 집으로 돌아와 목욕이나 세탁을
했고, 책을 들고 가기도 했다.

"목욕탕 쓸래요?"

"우와, 그래도 돼요? 그럼 좀 쓸까요."

아직 날이 밝았다.

"아, 상쾌해라. 시원하네요."

우리는 저녁 여섯 시 식사에 늦지 않도록 돌아갔다. 돌아가
는 차 안에서 그녀가 말했다.

"오늘 검사 결과가 나온대요."

나는 그게 어떤 검사인지 몰랐다. 나라면 이름도 모르는 사

람의 집에 가서 그녀처럼 쉽사리 욕조에 들어갈 수 있을까?

왠지 그녀가 우리 집 목욕탕을 썼다는 사실이 몹시 기뻤다.

그날 저녁 여덟 시 정각이었다.

문을 두드리는 소리와 함께 "들어가도 돼요?"라며 그녀가 왔다. 매일 밤 이렇게 그녀가 놀러 와준다면 좋을 텐데. 나는 내 방에서 손님을 맞이하는 게 좋았다.

"잠깐 괜찮아요?"

그녀는 한 번 더 묻고는 침대 곁에 놓인 의자에 앉았다.

"검사 결과가 나왔어요. 가망이 없대요."

가망이 없다니 무슨 말인가.

"4개월 남았대요."

나는 말문이 막혔다.

"저를 위해서 선생님이 네 번이나 좌선해주셨는데, 선생님이 구원받을 거라고 말씀해주셨는데. 역시 부처님이라도 구원할 수 없는 게 있나 봐요. 운명이라는 게 있나 봐요."

그녀의 얼굴이 내 얼굴 앞 50센티미터 거리에 있었다.

그녀는 우리 집 목욕탕에서 나왔을 때와 마찬가지로 고요한 표정이었다.

그때 나는 머리 뒤로 무언가 쓱 들어온 듯 깨달음을 얻었다.

"아, 알겠다. 당신은 이미 구원받았던 거예요. 부처님이 구원한 건 몸이 아니었어요. 영혼이 구원받았던 거예요. 그래서 당신은 괴롭거나 불안해하지 않고 평소랑 똑같이 지낼 수 있었던 거예요."

하느님도 부처님도 믿지 않는 내가 말했다.

그녀는 내 침대 위의 전등 쪽을 바라보고 있었다. 눈동자가 동그랗고 새까맸다.

"아, 그렇군요."

그녀가 말했다.

그때 검은 눈동자가 스윽 하고 투명한 갈색으로 변했다. 한순간 그녀가 흰색인지 은색인지 모를 색으로 빛났다. 나는 질겁했다.

투명한 갈색 눈동자에 흘러넘칠 듯 물이 가득 고였다.

이내 빛은 사라졌다. 눈동자는 점점 까맣게 변했다.

"그런 거였군요."

다시 한 번 그녀가 말했다.

"아아, 방금 정말로 기뻤어요. 그렇죠, 그런 거였네요. 고마워요. 그 말을 안 해주셨다면 전 모를 뻔했어요."

빛의 여운이 남아 있는 달걀 모양의 뺨을 따라 눈물이 흘러내렸다.

빛은 그녀에게만 쏟아졌다.

그때 나는 또 하나의 사실을 깨달았다. 하느님도 부처님도 나에게는 오지 않는다.

그러나 나는 하느님인지 부처님인지의 법열을 맛본 사람을 목격했다. 태어나서 처음이자 마지막일 것이다.

"역시 부처님이 사노 씨를 만나게 해준 거군요. 사노 씨가 알려주지 않았다면 몰랐을 거예요."

나는 맹세컨대 하느님도 부처님도 믿은 적이 없다. 지금도 믿지 않는다.

하지만 하느님인지 부처님인지는 그녀에게만 찾아왔고, 나는 그 광경을 보았다.

다음 날, 나는 히로시마로 돌아가는 그녀를 근처 전철역까지 데려다주었다.

"내년에 피는 벚꽃을 볼 수 있을까요?"

차 안에서 그녀가 불쑥 말했다.

나는 짐이라고는 자그마한 보스턴백뿐인, 타이트스커트를 입은 그녀의 뒷모습을 하염없이 바라보았다.

이듬해 5월이 되었을 때, 그녀는 작은 보스턴백을 메고 우리 집을 찾아왔다.

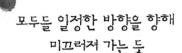

모두들 일정한 방향을 향해
미끄러져 가는 듯

나는 식사의 절반을 먹을 수 있게 되었다.

다만 식당의 어두운 조명 때문에 기분이 가라앉을 뿐이다. 기모노 부인은 매일 다른 기모노 차림으로 등장했다. 말끔하게 화장을 한 그녀는 왠지 매일 무대에 서는 여배우 같았다. 보아하니 본인도 그렇게 여기는 것 같았다. 어쩌면 기모노 허리띠를 두르고 새하얀 버선을 신으며 스스로를 격려하는 것일지도 모른다. 환자인 남편은 네모난 소변백을 식당까지 매달고 왔다. 아직 정년이 되려면 까마득한, 한창 일할 나이로 보였다.

얼마간의 시간이 지나고서 깨달은 사실인데, 식당에 오는 사람들은 대부분 접시를 깨끗이 비웠다. 가족들도 같은 음식을 먹었다.

텔레비전 리모컨을 쥔 아저씨는 가장 먼저 도착해서 쉬지 않고 야구 중계를 보았다. 내가 밥을 다 먹고 나갈 때까지도 의자를 두 개 붙여 다리를 그 위에 얹고 한쪽 손을 테이블 위에 걸친 채, 꺾인 손목 위로 얼굴을 비스듬히 올리고 야구에 열중하는 모습이었다. 나중에 온 사람이 앞자리에 앉으며 "어떻게 되어가나?"라고 물으면 "형편없어, 영 틀렸어. 계속 얻어맞기만 해" "방법이 없네" 같은 대화를 나누었다.

그래도 아저씨는 계속 야구를 보았다. 그리고 이따금씩 혀를 찼다.

장기간 입원해 있는 사람은 병문안을 오는 손님이 적다. 아마 그런 환자들은 수술 후 재활 치료를 받는 중인 듯했다.

기모노 부인과 남편은 대화를 전혀 나누지 않았다.

기모노 부인은 자의식이 약간 과잉인 사람처럼 보였다.

볼일이 있는 건지 없는 건지, 홀 앞을 오락가락하며 새침을 떠는 것이다. 나는 부인이 내일은 어떤 기모노를 입을지 기대되기 시작했다.

1층 엘리베이터에서 내리면 이따금씩 선향이 풍겨온다는 사실을 알게 된 후로는 죽은 사람이 병실에서 언제 운반되는지가 궁금해졌다. 엘리베이터는 한 대밖에 없다. 그것도 홀 한가운데에 있다.

어느 날 링거를 매단 침대차가 홀 앞을 가로질러 갔다. 병원에서는 일상다반사로 볼 수 있는 광경이었다. 누워 있는 사람은 50대 정도의 남자였는데, 눈을 감은 채 입을 약간 벌리고 있었지만 숨은 멎어 있었다. 보통 침대차에 누워서 이동하는 사람들은 링거를 꽂고 있었기 때문에, 지금까지 나는 그들이 진찰을 받으러 가는 줄만 알았다.

하지만 돌이켜보니 링거와 함께 이동하는 침대차는 지금까지 몇 대나 더 있었다. 정말로 진찰을 받으러 가는 사람과 더 이상 진찰 받을 필요가 없는 사람이 섞여 있었던 것이다.

스포츠머리 아저씨는 입원한 지 4개월 째였다.

가끔씩 가죽점퍼를 입고 외출한다.

내가 1층 홀에서 담배를 피우고 있으면, 편의점 봉지를 달랑달랑 들고 돌아온다.

그리고 홀에서 잠깐 쉰다.

"편의점은 어디 있어요?"

"가마쿠라카이도 건너편."

"꽤나 머네요."

"재활 훈련이요, 재활 훈련. 난 원래 몸무게가 94킬로그램이었거든. 지금은 54킬로그램이라고. 근육이 싹 다 없어졌지. 보라고, 바지가 헐렁헐렁해."

아저씨는 그렇게 말하며 벨트를 풀더니 바지를 앞으로 쭉 잡아당겼다. 내가 쑥 들어갈 정도의 공간이 남아 있었다.

"그래도 지금 체중 정도가 정상이잖아요?"

"아니, 원래는 94킬로그램이었다니까. 뭐 어차피 이렇게 된 거, 인생에 한 번뿐인 기회라고 생각하고 느긋하게 휴양하려고. 20킬로그램 정도는 더 쪄야지. 신기하게 술이 하나도 안 먹고 싶네. 암 수술 전엔 한 되씩 먹어도 멀쩡했는데. 참 이상하지."

"언제 퇴원하세요?"

"두 달쯤 남은 것 같소. 뭐, 언제 나가든 상관없지만. 여기 있는 편이 귀찮은 일도 없고."

"돈이 들잖아요."

"보험 들어놨으니까. 난 보험이 있어서 입원해 있는 게 돈 버는 거거든. 처자식이 딸린 녀석들은 힘들 거야. 나처럼 느긋하게 있을 수 없으니까."

나는 "야마다 씨는 야쿠자죠?"라고 물어보고 싶은 걸 참기 어려웠다. 하지만 아무리 나라도 그런 질문을 할 수는 없었다.

"야마다 씨는 인기 많았죠?"

"뭐, 하지만 지금은 54킬로그램이라서. 예전엔 94킬로그램이나 나갔는걸. 그런데 54킬로그램이라니."

"그래도 지방이 빠져서 오히려 건강에 좋은 거 아니에요?"

"이렇게 되어보지 않으면 몰라. 듬직한 맛이 없잖소. 바람이 불면 직접 뼈에 닿는 것처럼 시리고. 내 근육 40킬로그램은 어디로 간 거람."

스포츠머리의 야마다 씨는 혈색이 좋아서 내 눈에는 적당한 체격, 적당한 키의 괜찮은 남자로 보였다. 게다가 독특한 분위기마저 풍겼다.

"넉 달이나 여기 있었으니까 난 다 알지. 부인이 기모노 입고 오는 사람 있잖소, 그 사람은 이제 얼마 안 남았다고. 소변도 녹색으로 변했으니까."

이 병원에서 죽지 않을 거라는 확신이 드는 사람은 야마다 씨뿐이었다.

이 사람은 54킬로그램까지 여위었어도 계속 살아갈 듯한 생의 에너지가 있었다. 이 건물 밖에서는 그런 사람들만이 왁자지껄 북적북적 밀치락달치락 살아가고 있다. 병원 안의 에너지는 그보다 훨씬 더 조용해서, 모두들 일정한 방향을 향해 미끄러져가는 듯했다. 하지만 여든 살의 아카와 선생과 분홍색 간호복을 입고 춤추듯 걷는 간호사에게서는 바깥세상의 바람이 느껴졌다.

야마다 씨의 54킬로그램짜리 몸 주변에도, 확실히 바깥세상의 바람이 감돌고 있었다.

"전에 당신 병실을 썼던 남자는 말이야."

어째서 야마다 씨가 내 병실을 아는 걸까.

"본처랑 첩이 있었는데, 여자들 싸움은 진짜 대단하다고. 간병을 누가 할지 경쟁한다니까. 둘 다 절대 양보를 안 해. 병실에 들어가니 못 들어가니 하는 걸로 불꽃이 튀었지. 간호사가 난처해할 정도였소. 그게 점점 심해져서, 막판엔 새벽 다섯 시쯤에 와서는 병실에서 자던 사람을 내쫓기도 했다니까. 환자도 안정이 안 됐을 거야. 그런데 환자가 죽으니까 본처도 첩도 유체를 안 거두겠다지 뭐요. 무서워, 여자란."

어째서 야마다 씨는 그런 일까지 아는 걸까.

"그래서 난 여기 있다는 사실을 아무한테도 안 알려줬지."

야마다 씨는 머지않아 훌륭히 바깥세상으로 돌아갈 것이다. 나는 날카로운 예감이 들었다. 스포츠머리에 독특한 분위기를 풍기는 야마다 씨는 푹신푹신한 꽃무늬 의자에 앉아 있는 모습이 묘하게 잘 어울렸다.

나는 여기서 어디가 아프냐는 질문을 받은 적이 한 번도 없다. 받고 싶지도 않았다.

목발 할머니는 봇물이라도 터진 것처럼 자신의 이야기를 마구 쏟아냈지만, 정작 남의 일을 묻는 법은 없었다.

묻지 않아도 시간이 흐르면 알게 된다. 눈에 보이지 않는 물질이 무언가를 정확하게 전달하는 듯했다.

자기 일만 생각하기에도 벅찬 것인지 아니면 아픈 부위는 문제가 안 되는 것인지, 혹은 이윽고 같은 운명을 맞이할 거라는 이해와 연민 때문인지, 적어도 나에게는 어디가 아픈지 묻는 사람이 한 명도 없었다.

홀에도 식당에도 나오지 못하는 사람들이 많았다. 여든이 넘어 보이는 할머니의 방은 언제나 문이 열려 있었다. 할머니는 늘 입을 벌리고 위를 향해 누워 있었지만, 천장을 쳐다보는 건 아니었다. 할머니의 눈은 감겨 있었고 의식이 없어 보였다.

남편으로 보이는 할아버지가 병실에서 먹고 잤는데, 정작 할아버지도 누군가의 수발이 필요한 형편이었다. 할아버지는 말도 움직임도 없이 입을 벌리고 있는 할머니 곁에 언제나 덩그러니 앉아 있었다.

내 옆방은 텅 빈 채였다.

밤이 되면 레이스 커튼 건너편이 어둠보다 더 짙은 덩어리로 변했다. 그 검은 덩어리 속에도 공기나 산소가 섞여 있다는 사실을 믿을 수 없었다.

작은 오렌지색 불빛이 비치고, 가만가만 인기척이 내 방까지 들려오던 때의 따스함이 그리워졌다. 사람은 죽을 때까지는 살아 있다.

여름이었다면 아마도 병원은 다마 언덕의 녹음 속에서 작은 성 같은 모습을 드러냈을 것이다. 지금은 주황이나 노랑, 눈부신 갈색으로 언덕 전체를 덮은 나무들 사이에 우뚝 서 있다. 내 방 앞에는 널따란 베란다가 있었고, 베란다 난간에는 하얗고 구불구불하며 낮은 기둥이 늘어서 있었다. 나는 베란다로 나가 유리창에 등을 갖다 대고 눈앞에 한가득 펼쳐진 언덕의 가을 단풍을 바라보았다. 저녁이 되면 태양이 왼쪽에서 오른쪽으로 위치를 바꾸고, 타오를 듯한 빨강이 나무 저편으로 사라졌다. 나는 매 저녁마다 석양을 보지 않고서는 견딜 수 없었다. 구름 모양이 무섭도록 빨리 변해서 마치 같은 날의 하늘이 아닌 듯했다. 석양에 반짝이는 산의 나뭇잎은 매일매일 오싹할 정도로 아름답게 변해갔다.

정신이 이상해질수록 나는 시시각각 시력이 좋아졌다. 먼데 있는 모밀잣밤나무 잎사귀가 한 장 한 장 선명하게, 엷은 금색 테두리를 두른 모습까지 또렷하게 보였다. 나는 엄청난 피로감을 느꼈다. 그 광경은 고흐의 그림과 닮아 있었다.

젊은 시절에는 자연 같은 건 눈에 들어오지도 않았다.

꽃이 필 무렵에만 눈을 빼앗겼다가 시들면 금방 잊어버렸다. 벚꽃은 1년에 한 번만 떠올렸다.

꽃이 지면 벚나무의 존재조차 까먹었다. 왕성하고 바지런히 일했던 시기에는 꽃집에서 꽃을 사기도 했고, 정원의 조팝나무가 폭포수처럼 꽃피울 때를 기다리기도 했다.

그러나 지금 내 눈에 비친 산의 단풍은 어딘가 이상했다. 고흐의 그림 속 빛나는 터치는 그가 창조해낸 것이 아니라, 실제로 그의 눈에 보였던 광경이 아닌가. 정신병으로 세상을 뜬 고흐는 죽음의 곁에 있었기 때문에 세상이 그처럼 불타듯 보였던 게 아닌가. 이 세상의 모든 일들은, 이를테면 고타쓰 위에서 일어나는 것이나 마찬가지다. 꽃이 피고, 닭이 울고, 반했니 어쩌니 울부짖고, 돈이 있니 없니, 밥이 맛있니 맛없니…… 이 세상의 모든 천국과 지옥은 고타쓰 위에 있다.

저녁 석양과 기괴하게 나를 덮쳐오는 산의 나무들은 고타쓰 위에서 떨어지려 하는 것 같다. 위험한 느낌이 든다. 석양이, 나뭇잎이 고흐의 그림처럼 소용돌이쳐 빛나 보인다면, 그 사람 역시 고타쓰 위에서 떨어지고 있는 것이다.

죽음에 직면한 사람에게는 분명 이 세상의 자연이 기이할 정도로 아름답게 밀려들지 않을까.

내일 이곳을 나가자.

어느새 나는 이 병원 전체만 한 눈으로 변해 다마 언덕의 단풍을 지켜보고 있다. 밥은 1인분에서 3분의 2 정도는 먹을 수 있게 되었다.

하지만 몸의 통증은 전혀 사그라지지 않아서, 갈비뼈가 우지직 소리를 내며 가루로 부서지는 듯 숨조차 쉴 수 없었다.

그래도 나가자. 이런 아름다운 자연에 빨려들고 싶지 않다.

나는 14일째 되던 날 집으로 돌아왔다.

그로부터 2년 반이 지났다.

길에서 우연히 야마다 씨와 딱 마주쳤다.

"당신, 살아 있었네. 나는 당신을 봤을 때 가장 먼저 저세상으로 갈 줄 알았는데."

나는 제때 죽지 못했던 걸까, 아니면 되살아난 걸까.

"지금 몇 킬로그램이에요?"

"68킬로그램. 75킬로그램이 되면 살 그만 찌우고 양복을 모조리 새로 맞춰야지."

야마다 씨는 완전히 바깥세상의 사람이 되어 있었다. 사방으로 속세의 기운을 2미터씩 뻗치고 있었다.

그 후 어느 날, 논짱이 사진 한 장을 소중한 듯 보여주었다. 아카와 선생의 사진이었다.

"어떻게 찍은 거야?"

"카메라 들고 가서 부탁했어. 괜찮지?" 귀여운 얼굴로 잘도 이런 짓을 한다.

"나한테도 언제든 상태가 나빠지면 또 오라고 말해줬어."

선생은 신을 믿지 않는 나에게 한없이 신에 가까운 사람이 었을지도 모른다.

건강을 다소 되찾은 지금, 이따금씩 내가 정말로 그 병원에 입원했었는지 알 수 없다는 묘한 기분이 든다.

사노 요코 씨에 대하여

세키카와 나쓰오[*]

[*] 1949년 니가타 현 출생. 소설가, 논픽션 작가, 만화
원작자 등으로 활동했다. 한국에 관심이 많아 『서울연습
문제ソウルの練習問題』, 『해협을 뛰어넘은 홈런海峡を越えたホ
ームラン』을 저술했다. 다니구치 지로와 함께 작업한 『『도
련님』의 시대『坊っちゃん』の時代』시리즈로 데즈카오사무문
화상 대상, 시바료타로상을 수상했다.

2007년 초여름쯤이었다. 아자부의 도리이자카에서 잡지 〈생각하는 사람考える人〉의 파티가 열려서 오랜만에 사노 요코 씨를 만났다. 파티를 꺼리는 게 분명한 그녀로서는 드문 일이 었다. 건강해 보였다. 집으로 돌아가는 길에 그녀가 나를 불러 세웠다. "얘기할 게 있어."

찻집에서 마주 보고 앉자 그녀가 말했다.

"저기, 나 뼈에 전이됐어."

나는 어찌할 바를 몰랐다. 할 말이 없어서 우물쭈물하기만 했다.

"몸을 마음대로 움직일 수 있는 건 앞으로 1년 남짓일 것 같아."

그녀의 표정은 어둡지 않았다. 난처한 기색도 없었다. 하지만 사태는 심각했다.

내가 요코 씨를 알게 된 건 2004년이었다.

고바야시히데오상의 후보에 『하나님도 부처님도 없다神も仏も
ありませぬ』가 올랐을 때였다. 그건 당시 기타카루이자와의 별장
지에서 살던 요코 씨가 자신의 일상을 써내려간 에세이였다.
별장에 사는 사람뿐만 아니라 마을 토박이들까지 대거 등장
한다는 점에서는 '공동체 문학'이었고, 거의 모든 등장인물이
예순 이상이라는 점에서는 '초로기初老期 비평문학'이었는데 어
느 쪽으로든 걸작이었다. 나는 활짝 열린 밝은 마음으로, 더러
는 숙연해져가며 그 에세이를 읽었다. 그리고 『하나님도 부처
님도 없다』를 강력하게 밀었다.

요코 씨를 처음 만난 것은 그해 가을에 열린 수상 파티에서
였다. 그 후 집에 놀러 오라는 권유를 받고, 오기쿠보의 자택
에 가서 기타카루이자와에서 따 왔다는 머위를 잔뜩 받았다.

그녀가 유방암 수술을 받은 건 그해가 아니었나 싶다.

"암에 걸렸다고 말하면 모두들 동정해줘"라고 요코 씨는 말
했다. "그래도 예전에 걸렸던 정신병 쪽이 몇만 배나 더 고통
스러웠어. 주변 사람들은 몇만 배나 더 차가웠고. 순식간에 친
구가 한 명도 없어졌어. 하지만 암이 전이됐다면 이야기가 다

르지."

"또 놀러 와. 누구 괜찮은 남자 없어? 감상하고 싶어"라고도 했다. "요즘엔 불량 할머니가 되어서 말이야, 남자 밝힘증이 절정이거든. 그래도 잡아먹거나 하진 않아. 그냥 감상이라고, 감상."

나는 오랜 지인이자 잘생긴 편집자 K와 남을 잘 돌봐주는 남자 T, 그리고 단아한 여자 S를 동반하고 요코 씨와 회식을 했다. 원래 기가 약한 나는 요코 씨가 풍기는 예술가적 분위기를 혼자서 감당하기가 힘들었기 때문이다.

요코 씨는 K를 '나루짱'이라고 불렀다. 그는 일에 대해서도 여자에 대해서도 지나치게 열정적이었다. 요코 씨가 그런 그를 재미있어 해서 회식 자리는 크게 흥이 올랐지만, K를 보고 만족한 것 같지는 않았다. "여하튼 젊기만 하면 돼"라는 조건을 내가 잊었던 것이다. 그 당시 K의 나이는 쉰 살 정도였다. T와 나는 논외였지만, S에게는 그 후로도 마음을 허락하고 이따금씩 무리한 부탁까지 해가면서 의지하는 듯했다.

요코 씨는 인원만 갖춰지면 마작을 하고 싶어 했다.

K도 S도 하는 법을 몰라서 내가 등 뒤에서 코치했다. 젊은 시절에는 마작 가게에 출근하다시피 했다는, 프로급 솜씨를 지닌 T는 초심자가 보고 배울 만한 자랑스러운 패가 아니면

먼저 나지 않기로 했다. T는 초심자들을 교육하는 자세로 느긋하게 게임에 임했다. 그러나 자신의 패를 모으는 데 열중한 요코 씨는 주위의 움직임에도 다른 사람의 패에도 무관심했다. 1000점에 10엔이라는 역사상 가장 적은 판돈이었지만, 어느 순간 그녀가 독주를 하더니 400엔을 땄다. 잠시 후 자신의 승리를 알아차린 요코 씨가 기뻐하던 표정은 지금도 기억에 선명하다.

다 함께 기타카루이자와에 놀러 간 적도 있다. 숲 속의 별장지 '다이가쿠무라1927년 호세대학의 학장 마쓰무로 이타스가 자신이 소유한 토지를 학자나 문화인 등에게 분양하여 개발한 별장지'는 고요하고 아름다웠다. 병약한 연인과의 연애소설이 써질 것 같았다.

"여기서 살아보면 어때?" 요코 씨가 우리에게 말했다. "파격적으로 싼 땅이 나와 있는데."

나루짱은 마음이 동요되는 듯했다. 병약한 연인이 죽은 후 비탄에 젖어 낙엽의 소나기 속을 걷는 자신의 모습이 그려지는 거겠지. 우리도 그에게 적어도 주말 동안만이라도 여기에서 몸과 마음을 정화하는 건 어떠냐고 권했다. 하지만 파격적으로 쌌던 까닭은 엄마와 아들이 동반 자살한 땅이기 때문이었다. 엄마는 시라이시 가요코'광기의 여배우'로 불렸던 가부키 배우에 아들은 누쿠미즈 요이치예능 프로그램에서 머리숱이 적어 놀림당하는 캐릭터를

^{가진 배우} 같았다는 말을 듣고, K가 심사숙고 끝에 땅을 포기했
던 건 유감이었다.

요코 씨가 시간을 들여 만들어준, 큰 냄비에 끓인 삼계탕은
깜짝 놀랄 만큼 맛있었다. 닭과 인삼의 질이 파격적으로 좋았
다. 모양새도 정갈했다. 그녀는 요리도 잘하고 집안일도 달인
수준이었는데, 그러한 가사의 기술은 오랜 세월 천적 관계였
던 어머니로부터 물려받은 것이었다.

요코 씨는 다섯 살 때 어머니의 손을 잡으려다가 뿌리침 당
했다. 그것은 강렬한 체험이었다.

그녀의 어머니는 전쟁 전 긴자를 활보했던 '모던 걸'로, 결
혼 후에는 뛰어난 아내이자 유능한 엄마로 변신한 사람이었
다. 그런 사람이 전후 일본의 민주적 공기에 물들었으니 본래
의 개성이 한층 빛을 발했다. 자식들에게는 "그게 아니야"라
고 무엇이든 부정부터 하는 사람이 되었다.

요코 씨도 뛰어난 딸이었다. 뛰어난 아내는 남편을 두고 뛰
어난 딸과 무의식중에 경쟁했다. 그러한 어머니를 사랑할 수
없었던 일에 대해 요코 씨는 평생토록 후회했다.

요코 씨의 어머니는 2006년 여름, 아흔셋의 나이로 눈을 감
았다.

일곱 명의 아이를 낳았고 넷을 키웠다. 배우자, 즉 요코 씨의 아버지가 1958년에 쉰하나로 세상을 떠나자 요코 씨의 어머니는 한바탕 슬퍼한 후 모자원복지시설에서 일하기 시작했고, 그곳의 원장이 되었다. 전쟁 전 모던 걸이었던 어머니는 기운이 넘쳤다. 기요미즈에 땅을 사서 절반을 팔고 집을 지었다. 꽃꽂이 자격증을 따서 학생들을 가르쳤다. 어떤 단체 사진에서도 한가운데에 있었다. 타고난 여장부였다.

하지만 '언젠가 할머니가 되리라고는 생각조차 못했던' 어머니도 늙었다. 일선에서 물러나 도쿄로 가서 딸과 함께 생활했다. 여든이 넘어 치매 증상이 발견되기 시작했을 때, 딸은 어머니를 시설에 넣었다. 고가네이 공원에 인접한 좋은 시설이었다.

어머니의 증상은 그곳에서 느긋하고도 착실하게 진행되었고, 시간의 경과와 노화는 드셌던 어머니의 성격을 바꾸어놓았다. 건강했던 시절에는 한 번도 입에 담지 않았던 말인 "고마워"와 "미안해"를 아낌없이 말하는 사람이 되었다. 꾸밈없는 유머도 저절로 샘솟았다.

너무도 복잡했던 어머니와 딸의 관계는 싱겁게 회복되었다. 아니, 그렇다기보다 전혀 다른 관계가 자연스럽게 생겨났다고 하는 편이 옳을 것이다.

이윽고 요코 씨 자신도 노화를 실감할 수밖에 없는 나이가 되었다. 아무리 버튼을 눌러도 통화가 되지 않아서 문득 쥐고 있던 물건을 쳐다봤더니 텔레비전 리모컨이었다. 냉장고를 열자 깨끗이 씻은 절구와 절굿공이가 들어 있었다. 그러나 기억이 전혀 없었다.

어느 날 어머니를 찾아간 요코 씨는 그 곁에 누워서 잠을 잤다. 예전이라면 상상조차 하기 힘든 일이었다. 어머니 곁에서 요코 씨는 한탄했다.

"나 이제 예순이야. 벌써 할머니가 되어버렸네."
"어머나, 불쌍하게도. 누가 그렇게 만든 걸까?"

『나의 엄마 시즈코 상シズコさん』 중에서

또 다른 어느 날, 요코 씨는 어머니에게 엄마는 언제 태어났어, 라고 물었다. 어머니는 대답했다.

"내가 태어난 건, 그건 내가 아주 작았을 때였지."

『하나님도 부처님도 없다』 중에서

요코 씨가 베이징에서 태어나고 자란 건 아버지가 남만주철도주식회사에서 근무했기 때문이다.

야마나시 현 빈농의 일곱째 아들이었던 그녀의 아버지는 특출하게 우수한 인재여서, 구제중학교에서 구제우라와고등학교로 진학한 후 도쿄제국대학을 졸업했다. 요코 씨는 유도 선수면서 핸섬했던 아버지에 대해 "알 파치노와 에노모토 겐이치를 섞은 듯했다"라고 쓴 적이 있다. 그러나 아버지도 그 시대의 청년이었으므로 좌경화되었다.

　그로 인해 아버지는 취직에 어려움을 겪었다. 그는 우수한 전前 좌파 학생을 많이 채용했던 남만주철도의 조사부에 들어가 중국 대륙으로 건너갔다. 최초의 근무지는 베이징이었다.

　패전하던 해, 봄에는 다롄으로 옮겨 갔다. 그곳은 일본 최초의 핵가족 집단인 남만주철도 직원 가정을 중심으로 꾸려진 젊은 마을이었다. 전쟁 말기에도 사노 일가는 일본에서 소개疏開되어 온 사람들이 있던 다롄의 평화를 잠시나마 즐겼다.

　하지만 반년 뒤, 소련군의 침입으로 짧은 평화는 짓밟혔다. 그곳의 일본인은 난민이 되었다. 요코 씨도 일곱 살의 소녀 난민이었다. 그녀는 여동생의 기저귀를 갈고 냄비 가득 수수를 끓였으며 땅콩을 팔았다. 길거리에서는 아버지가 만든 짚신을 팔고 러시아인에게 담배를 팔아 식량으로 바꾸었다.

　어린애였으니까, 나는 생각하기 이전에 본능적으로 살았다.

(…)

나는 인간의 온갖 희로애락의 근원을 어린 시절의 생활 중에 체득했다.

그때가 불행의 시대였다고 해도 내가 불행했던 건 아니었다.

『나의 고양이들 용서해줘私の猫たち許してほしい』 중에서

그녀는 1947년 봄, 귀국선을 탔다. 여덟 살의 요코 씨는 어린 남동생을 돌보는 작은 엄마였다. 귀국 후에는 아버지의 고향인 가난한 시골에서 살았다. 아버지는 고등학교 선생님이 되었다. 얼마 후 어린 나이의 남동생과 오빠가 죽었다. 그럼에 뛰어난 재능을 보였던 오빠의 죽음으로 인해 요코 씨의 어머니는 깊은 비탄에 빠졌다. 어째서 네가 아닌 오빠가 죽었을까. 어머니의 눈은 그렇게 말하는 듯했다.

그러다가 아버지의 전근 때문에 시즈오카로 이사를 갔다. 거기서 초등학교를 졸업한 후, 요코 씨는 본인의 뜻으로 시즈오카대학 부속중학교의 입학시험을 쳐서 합격했다. 동급생 중에는 평론가 겸 소설가인 다카스기 이치로본명은 오가와 고로의 딸, 러시아문학가 오가와 야스코가 있었다.

요코 씨의 아버지와 같은 세대였던 다카스기 이치로는 원래 잡지 〈개조改造〉의 편집자였다. 그는 1944년 7월에 잡지사

가 해산되자, 다음 달 소집영장이 나와서 하얼빈으로 징집되었다. 패전 후에는 시베리아에 억류되어 타이셰트와 브라츠크의 수용소에서 4년 동안 강제 노동을 했다. 1949년 9월에 귀향하여 1950년 가을부터 시즈오카대학에서 학생들을 가르쳤다. 수용소 체험을 기록한 불멸의 명저 『오로라의 그늘에極光の カげに』를 세상에 펴낸 것은 1950년 12월이었다.

시즈오카에서 기요미즈로 이사한 요코 씨는, 그곳에서 고등학교를 졸업하고 1958년 봄에 무사시노 미술대학에 입학했다. 1962년에 졸업한 후 니혼바시의 시로기야백화점 홍보부에 취직하였고, 입사 첫해부터 화가 겸 디자이너로서 두각을 드러냈다. 그러나 1967년에 회사를 그만두고 베를린으로 유학을 떠났다.

우리가 아는 요코 씨의 역사는 여기서 시작된다.

요코 씨에게는 고향이 없다. 구태여 말하자면 베이징에서 살았던 시기 북중국 전통 가옥 쓰허위안마당을 중심으로 사방이 집으로 둘러싸여 있는 베이징의 전통 주택 양식의, 흙벽을 경계로 펼쳐진 대륙의 탁 트인 푸른 하늘. 그것이 고향이다.

그러나 고향은 상실되었다. 요코 씨가 때때로 발산하는 느낌, 글에도 배어 있는 '의지할 데 없는' 느낌은 고향을 상실한 사람이 풍기는 분위기일 것이다. 혹은 '대륙문학자'가 자연스레 몸에 익힌 '공기'였을지도 모른다.

언젠가 요코 씨가 나에게 물어본 적이 있다.

"하치야 신이치라는 사람 있잖아, 내가 아는 사람 같아."

그것은 갑작스러운 이야기였다.

1967년의 일이다. 요코 씨가 베를린에서 머물렀을 때, 같은 하숙집에 쉰 살쯤 되어 보이는 한국인이 있었다고 했다. 품위 있는 사람으로, 전쟁 전의 일본어를 매우 아름답게 구사했다. 언제나 프록코트에 실크 스카프를 두르고 모자를 쓰고 있었다. 근처 가게에 신문을 사러 갈 때조차 그런 차림이었다.

그는 경성에서 가장 큰 서점의 아들이라고 했다. 소년기에는 일본에서 유학했으며, 게이오대학에서 학문을 배웠다고 했다. 하지만 전쟁이 끝난 후, 어느 순간 본국의 모든 재산을 정리한 뒤 유럽으로 건너왔다. 새로운 사업을 구상하기도 했고, 미국인 연인과 남프랑스의 대저택에서 지내기도 했지만 베를린에서 요코 씨와 만나던 무렵에는 영락했다.

하숙집의 독일인 할머니에게 하숙비를 재촉당하면서도, 사업이 드라마틱하게 성공하는 공상에 대해 질리지도 않고 이야기하는 그의 고급 프록코트 자락에는 비단 안감이 미역처럼 늘어져 있었다. 요코 씨가 가위로 안감을 잘라주자 "친절하군, 친절해"라고 밝은 표정으로 기쁜 듯 말했다.

그녀는 이 사람을 대체로 "미스터 리"라고 썼다.『나의 고양
이들 용서해줘』에는 요코 씨가 베를린에서 밀라노를 거쳐 귀
국한 이듬해, 아마도 1969년경에 미스터 리에게서 전화가 걸
려왔다는 내용이 나온다.

미국에 가는 도중에 일본에 들렀다고 했다.

"데이코쿠호텔에 있어요."

나는 그리운 마음에 그를 몹시 만나고 싶었다. 미스터 리는 결
국 성공한 것일까.

하지만 만날 수 없었다.

한여름인데도 검정 모자를 쓰고 프록코트를 입은 미스터 리
의 모습밖에 떠올릴 수 없었다.

그 미스터 리가 하치야 신이치가 아닐까, 신문에서 본 그의
여권 사진에 옛 모습이 남아 있었다, 라고 요코 씨는 내게 말
했다.

하치야 신이치(김승일)는 하치야 마유미(김현희)와 함께
1987년 11월에 인도양 위에서 대한항공 비행기를 폭파시킨 북
한의 공작원이다. 그들이 아부다비인지 바레인인지에서 내린

후, 순항 중이었던 비행기가 시한폭탄으로 폭파되어 탑승객 전원이 사망했다. 그 후 현지 경찰에게 체포된 하치야 신이치는 독약 캡슐을 씹어 먹고 자살했다. 그러나 김현희는 자살 직전에 저지당했다.

그녀가 자살에 실패함으로써 유창한 일본어를 구사하며 일본 여권을 소지한, 부녀로 보이는 남녀가 북한 공작원이었다는 사실이 세상에 알려졌다. 김현희가 자살에 성공했다면 이 사건은 '수수께끼의 일본인'의 범행으로 끝났을지도 모른다. 북한의 목적은 서울올림픽 방해와 한일 관계 훼방이었다. 따라서 범인이 일본인이라는 증거는 없지만 왠지 의심스럽다는 '소문'이 나도는 것만으로도 북한은 그들의 작전을 성공으로 간주하지 않았을까? 적어도 북측의 범행이라는 증거는 없었으니 말이다.

1960년대 후반의 베를린에는 북한 공작원이 많았다. 그들은 베를린에 살던 한국인이나 유학생을 '컬트'적인 신념을 가지고 대남 공작원으로 포섭하거나 유괴했다. 어쩌면 미스터리도 그 대상이었을지 모른다.

일본어가 몹시 유창한 데다 시간이 많았다는 점, 그것만으로도 북한 공작원의 표적이 되기에 충분했으리라. 고향을 상실한 사람의 '의지할 데 없는' 마음을 노린 것이다. 그에게는 돌아갈 장소가 없었다.

　하숙비도 내지 못할 정도로 곤궁했으면서, 그는 그 후로도 무슨 용건이었는지 가끔씩 일본에 왔다. 그러나 요코 씨와는 만나지 않았다.

　또다시 20년 가까이 세월이 흘렀다. 어느덧 초로의 나이를 넘긴 그는 젊은 여성 공작원의 동행이자 지도원으로서 테러에 가담했다. 매우 있을 법한 이야기다. 하지만 하치야 신이치는 본명도 이력도 공식적으로는 판명되지 않은 채, 오로지 요코 씨의 기억 속에만 존재하는 사람으로 끝나고 말았다.

　내가 요코 씨에게 그 일의 가능성에 대해 묻자, 그녀는 몹시 고통스러운 표정을 지었다. 그녀가 그를 잊을 수 없는 까닭은 미스터 리가 발산했던 '의지할 데 없는' 느낌이 그녀의 마음속 무언가와 공명했기 때문이 아닐까.

　K와 T는 술을 입에도 대지 않는 요코 씨 앞에서 크게 취했다. 그럴 때마다 K는 과거의 일들을 몹시 후회했다. 거북이가 두드러기가 난 것은 내 탓이다, 나는 사람도 아니다, 따위의 밑도 끝도 없는 이야기를 눈물을 흘리며 해대는 그를, T가 너는 정말로 사람도 아니다, 그렇지만 좋은 점이 없는 것도 아니다, 라고 위로했다. 그런 중년의 남자들에게 질려 조용히 비웃

음을 띠며 화를 억누르는 모습은 요코 씨도 S도 마찬가지였다. S는 가끔 지나치게 제멋대로인 저자의 부탁을 예의 바르게 들어주면서 이 책『죽는 게 뭐라고』을 편집했다.

히라이 선생과의 대담을 책에 넣자는 것은 요코 씨의 간곡한 부탁이었다. 원래 그녀는 적극적인 치료는 하지 말고 단지 고통만 가라앉혀주면 좋겠다고 말했지만, 암세포가 뇌까지 전이되었다는 진단이 나와서 히라이 선생의 치료를 받게 되었다. 핀 포인트로 뇌에 방사선을 쏘는 '감마나이프'라는 치료였다. 치료를 받은 직후에는 상당한 여파가 있었고, 통증도 몹시 심했다지만 효과는 있었다.

히라이 선생에 대한 신뢰가 두터운 요코 씨는 우리에게도 뇌혈관 상태를 검사하라고 권했다. 넷이 함께 병원에 간 이유는 다들 기가 약했기 때문이었다. 무엇이 발견되더라도 이상하지 않을 나이였다. 가장 기가 약하고 가장 불안에 떨었던 나는 진료도 받기 전에 혈압 측정만으로 간호사를 놀라게 했다. 일단 이상은 없다고 진단받았을 때, 우리 넷은 서로 손을 붙들고 기뻐했다. 무사히 고향으로 돌아온 군인들 같았다.

이 책의 뼈대는 2009년 가을에 이미 완성되었지만, 요코 씨가 아직 원고를 더 쓸 예정이니 서두를 필요는 없다고 해서 진행을 멈추어두었다. '죽을 의욕 가득'이 책의 원제이라는 제목은 아드님인 화가 히로세 겐 씨가 무심결에 했던 말, "엄마, 왠지 요즘 죽을 의욕이 가득하네?"에서 나왔다.

요코 씨에게는 그런 모습이 분명히 있었다. 하지만 일흔둘은 역시 일렀다. 특히 여성의 평균수명을 생각하면 너무도 빨랐다. 미련이 남는 일도 적지는 않았을 것이다.

그녀는 기타카루이자와 고원의 봄에 대해 이렇게 쓴 적이 있다.

이곳의 봄은 한꺼번에 찾아온다. 산이 웃음을 참듯이 조금씩 부풀어 오르면 갈색이던 산이 옅은 주홍빛을 띤 회색으로 변하며, 하얀색과 분홍색이 산 한쪽 면에 흩뿌려진 듯이 나타난다. 목련꽃과 벚꽃이 동시에 피는 것이다.

(…)

내가 죽은 후에도 아지랑이가 낀 듯한 봄날의 산이 몽실몽실 웃음 짓고, 목련꽃도 벚꽃도 변함없이 피리라는 생각을 하면 분하다.

『하나님도 부처님도 없다』 중에서

호방하면서도 섬세했던 요코 씨가 풍기는 '의지할 데 없는'

느낌은 '귀국자'의 공기였다. 적어도 내게 그녀는 정통의, 그리고 최후의 대륙 출신 문학가였다. 그런 그녀는 일본에서의 생활이 '여행지'에 불과하다는 감각으로부터 끝내 자유롭지 못했던 게 아닐까.

그러나 여행지의 봄은 아름다웠다. 그곳 봄날의 산이 자신이 볼 수 없는 곳에서 멋대로 "몽실몽실 웃음 짓는" 것은 전쟁을 관통했고 그 이후의 시대까지 억세게 살아낸, 재능 넘치고 제멋대로인 그녀에게는 틀림없이 분한 일이었으리라.

대담하고 초연한 죽음이 주는 위안

죽지 않는 사람은 없다.

그러나 자신의 죽음 앞에서 초연할 수 있는 사람은 드물다. 대개 무언가에 대해 초연하려면, 그것을 수차례 경험함으로써 무뎌지거나 지겨워져야 한다. 그런데 우리 중 그 누구도 죽음을 겪어본 사람은 없으니, 경험을 통해 죽음에 초연해지기란 불가능한 일이다. 혹은 생에 대한 미련이 티끌만큼도 없는 상황이라면 죽음에 초연할 수도 있겠다. 하지만 그 또한 흔하게 겪을 수 있는 일은 아니다. 애착하는 대상이 단 하나도 존재하지 않는 삶이란 상상하기 어려우며, 그런 대상이 있다면 미련은 자연스레 생길 테니까.

사노 요코는 (당연히) 자신의 죽음을 겪어본 사람도, 애착의 대상이 없는 사람도 아니었다. 그러나 그녀는 암 선고를 받고도 태연자약했다. 암은 좋은 병이라며, 자신은 목숨을 아끼지 않는다고 큰소리를 쳤다. 돈을 다 써버렸으니 빨리 죽지 않으면 곤란하다고도 했다. 대체 어떤 삶을 살면 이렇게까지 스스로의 죽음에 태연할 수 있을까?

그녀에게는 여섯 형제가 있었는데, 그중 셋이 어린 나이로 죽었다. 그녀는 이 모든 죽음을 유년기 때 목격했다. "돈과 목숨을 아끼지 말라"고 가르쳤던 아버지의 교육도 그녀의 사생관 형성에 한몫했을지 모른다. 그 아버지 역시 그녀가 스무 살이 되던 해에 집에서 죽었다. 말 그대로 '죽지 않는 사람은 없다'라는 자연법칙을 실감하며 살았던 셈이다. 하지만 가족들의 죽음만으로 그녀를 설명하는 건 왠지 불충분한 느낌이 든다. 왜냐하면 그녀는 타인의 죽음에 대해서는 정반대의 태도를 보였기 때문이다. 전작 『사는 게 뭐라고』에서 그녀는 "나 자신이 죽는 건 아무렇지도 않지만, 내가 좋아하는 가까운 친구는 절대 죽지 않았으면 좋겠다"라고 말했다. 몇십 년 전에 죽은 남동생을 떠올리면 언제라도 운다고도 했다. 그리고 이번 작품에서는 요양원에서 스쳐 지나간 사람이 죽었을 때조차 '맹렬한 외로움'을 느꼈다고 했다.

이러한 그녀의 태도는 그림책 『100만 번 산 고양이』 속에서
도 엿볼 수 있다. 이 책의 주인공인 호랑무늬 고양이는 100만
번 죽고 100만 번 다시 태어난다. 모든 이들의 사랑을 받았으
나 그 누구도 사랑하지 않았던 이 고양이는 자신이 죽을 때도
늘 태연자약하다. 그러다 어느 생에서, 그 고양이는 처음으로
타자(흰 고양이)를 사랑하게 된다. 두 고양이는 가족을 이루어
오랫동안 함께 산다. 세월이 흘러 흰 고양이가 죽자, 호랑무늬
고양이는 100만 번 운 뒤에 따라 죽는다. 그리고 두 번 다시
태어나지 않는다.

자신의 죽음에는 초연하지만 흰 고양이의 죽음에는 100만
번이나 울 정도의 슬픔을 느끼는 호랑무늬 고양이는 사노 요
코와 무척 닮았다. 타자에게 애정을 양껏 쏟아부은 뒤 다시는
태어나지 않은 그 고양이처럼, 어쩌면 사노 요코 또한 전 생애
에 걸쳐 그녀가 가진 사랑을 모조리 쏟아부었기에 생에 대한
미련 없이 초연히 떠날 수 있었을지도 모른다. 게다가 이 책의
서두는 "내가 사랑하는 사람은 모두 죽은 사람이다"로 시작되
니, 그녀에게 자신의 죽음은 '이별'이 아닌 '재회'로 다가왔을
수도 있다. 이렇게 생각하니 그간 사노 요코의 죽음을 애석하
게 여겨온 내 마음도 약간은 편해지는 것 같다.

1인칭은 물론이고 2인칭의 죽음조차 아직 경험해보지 못한 나는, 지금까지 죽음에 대해 막연한 두려움을 가지고 있었다. 그러나 이 책을 번역하며, 사노 요코를 통해 죽음에 대한 생각이 바뀌었다. 나는 이제 '죽음은 삶의 일부'라는 지극히 자연스러운 사실을 내 것으로 받아들여야 함을 안다. 그리고 나 또한, 언젠가 때가 되면 그녀와 같은 태도로 마지막 순간을 맞이하고 싶어졌다. 사노 요코가 '죽음 준비기 교육'을 아주 톡톡히 시켜주었다고 해야 할까.

　다시 한 번 말하지만, 죽지 않는 사람은 없다. 그러므로 우리는 어쩔 도리 없이 이 생에서 몇 번쯤은 사랑하는 존재의 소멸을 견뎌내야 할 것이고, 끝내는 스스로의 소멸도 견뎌야 할 것이다. 그 비길 데 없는 슬픔을 겪는 순간에, 자신의 죽음에 대담하고 초연했던 할머니가 있었다는 사실을 떠올리면 어쩌면 우리는 작지만 단단한 위안을 얻게 될지도 모른다. 그 작은 위안이, 우리의 마음속에서 가능한 한 오래도록 빛을 발하기를 바란다.

2015년 11월

이지수